生命

就是不断受伤，

不断复原

曾颖 \ 著

ZHEJIANG UNIVERSITY PRESS
浙江大学出版社

目　录

坏天气也是好风景

CHAPTER 2

他们,是我们暗夜中的星光

CHAPTER 3

生命就是不断受伤，不断复原

CHAPTER 4

那时，我们还年轻

CHAPTER 1

别轻视那些卑微却顽强的生命

我们就这样从好朋友变成了仇敌

　　小虎是我少年时代认识的一只小黄狗，它的主人，是我的邻居小强，与我是好朋友，顺理成章，他的狗，也成了我的朋友。如今它常在梦中回到我身旁。

　　大概是小学三年级那一年，乡下的亲戚给小强家送来一条小狗，小狗刚断奶不久，一脑袋黄毛，机灵的小眼睛上面还有一对小黑点，一根小舌头随时伸出来把鼻子舔得黑亮湿润，它的爪子很柔软，握它的爪时，它会小心地收起尖利的指甲，让你尽情地捏揉脚掌，像一个喜欢足底按摩的孩子，还会惬意地把粉红的小肚子毫无防备地暴露在你面前，慵倦地扭捏出各种呆萌的表情来。

　　它很快成了我们全院小孩们共同的宠物。虽然，那个时代没有宠物这个概念，大多数狗都还沿袭着祖先们的习性，但这条小黄狗却是一个例外。我们一放学就会围着它转，还会把家里的东西带给它吃，剩饭、土豆、水果糖、骨头、莴笋，等等，小家伙对我们的馈赠一一接纳，并且以惊人的速度长了起来，立着耳朵，跑得比风还快，抓老鼠比猫还灵。大家觉得它像一只小老虎，于是就都叫它小虎。

那个时代没有电视，广播里也没什么吸引小孩子的东西。小虎的到来，无疑为我们平淡的生活带来了无限的惊喜。小家伙如同一节能量充足的电池，把整个大院大人小孩们的热情和趣味都激活了，无论老人还是婴儿，甚至不苟言笑的中年人，看到它追咬着自己的尾巴转圈或撵着一片树叶嬉戏，总忍不住会心一笑。一旦有了什么好吃的，总会扯起嗓子喊："小……虎！"

小虎的食量，既杂且大，让人怀疑它那黄黄的狗皮毛里，是否装了一台力量巨大的粉碎机。每天中午大家蹲在院坝里吃饭，因此又多了一个趣味节目——赌小虎吃什么不吃什么。土豆、茄子、饭、萝卜自不必说，饼子、汤圆、油果子也不在话下，最奇葩的是，那家伙居然连生的番薯和莴笋也吃，这真是无敌了。

但它的胃也并不是无限包容来者不拒的。比如，对西红柿，它就是抗拒的，扔给它时，它闻一闻，就跑得老远，仿佛曾经有人用西红柿味的榔头砸过它的头一般。更悲催的是，那天扔西红柿给它的人，是我。我一向以为我们之间的关系不错。好朋友应该互相给面子吧？连平常八竿子都打不到的廖祥娃扔的生莴笋它都吃了，而我扔的西红柿，它却没有吃。你能想象当时的场面有多尴尬吗？特别是在众目睽睽之下，大家敲着碗，发出刺耳的笑声时。

事实上，大家的笑声也许并没有那么刺耳，也不带有什么恶意。如果换成今天的我，肯定不会有什么不适，至多自嘲"人品被鄙视了"，说不定还会和大家一样，敲敲碗笑闹几声。如果是这样的话，后面的悲剧，肯定不会发生。

遗憾的是,那时的我没有这种思考能力。我像个喝得头脑发热的酒徒向好朋友敬酒,不仅对方没接受,还引来众人讪笑,内心充满了怨念与不爽,必欲找个出口将它发泄出来。

午饭后不久,在巷子里,我与小虎狭路相逢。它一如往常,优哉地冲我摇着尾巴,没事一般,全然忘记了刚才对我,不,准确地说是对我扔给它的西红柿的无视。鬼知道我怎么将两件事扯到了一起。

我拦下它,牵着项圈,把它带到刚才被它嫌弃的西红柿前,按下它的头。

它有些不爽,开始扭头躲闪。

我见它不肯就范,索性捡起西红柿,往它嘴里塞去。

小虎躲无可躲,奋力挣扎。它早已不是刚来时那只我们能一手拎住的小狗了,让我们拉住项圈,完全是给面子。眼见来者不善的西红柿塞到嘴边,友谊的小船说翻就翻了。

它稍稍一用力,便躲过了。但我并没有因此收手,而是将西红柿继续往它嘴里塞。

它愤怒地跳起来,冲我的大腿咬了一口。确切地说,不是真心实意地咬,它本是想吓唬我,但是嘴巴收不住,在我的腿上划了一条几厘米长的口子,深的地方瞬间渗出血来,浅的地方留下了一条牙印。

我当时大叫了起来,受惊吓的程度远大于伤痛。大人们闻声跑来,把我送到对门建筑公司的医务室,涂了点酒精和紫药水,我也就不疼了。那时不像现在,被狗咬了要打狂犬疫苗。

虽然伤口很快就不痛了，但我和小虎的梁子算是结下了。我认为，朋友对朋友的伤害，不在于伤口的深度，而在于伤害的动机。小虎不给面子在先，下口咬我在后，我对它的愤怒，可想而知。

小虎也知道自己闯祸了，我不知道它怎么想，反正看到我，它就低头往后退，一脸诚惶诚恐的样子。这种表情，应该有多重意思，一种可能是害怕报复，另一种是因为愧疚和歉意，或二者兼而有之。

以我当时的智商，哪儿看得到这些。我只看到它的恐惧。十岁左右的男孩，正处在你恐惧什么他就给你来什么的年纪。看到小虎眼神不敢直视我，小心地退下的样子，我心中莫名升起一股压不住的火，捡起一根棒子就朝它打去。它机敏地躲过，然后逃走了。

事后多年，我一直在想，小虎当时对我，确实是带有一种愧疚与自责的情绪的。如果当时我蹲下去摸摸它的头，我们一定会重归于好。后面的事，也就肯定不会发生。

然而，我并没有这么做。小虎给了我至少三次这样的机会，而我都漠视了。我只是将小虎的歉意，当成了对我的害怕。而它越害怕，我越要报复，这样似乎才能找到心理平衡。这种感觉我一直无法解释，直至多年后读《追风筝的人》，看到小主人公对待他的随从哈桑的态度时，才幡然醒悟——对十多岁的小男孩来说，歉意与躲闪，不仅不会引起同情和悲悯，反而有可能激起他的攻击欲。至少在小虎怯弱后退面前，我的反应是这样的。

在三次顺利躲过棍棒之后，第四次，小虎被我堵在了一条死胡同里。这一次，它被棒子重重地打了一下。我也因此失去了与这个儿时的朋友最后一次和解的机会。

它冲我狂叫，并做出反扑状。但最终没有扑上前来，在我的腿上再来一口。

仿佛被反弹的门撞了鼻子，我吓得撒腿就跑。这举动是愚蠢的，充分暴露了我外强中干的本质和差劲的判断能力——若论跑，我能是小虎的对手？

但小虎最终没有追。

自那以后，只要一见面，它就会冲我疯狂地叫，而我则会恨恨地与它对峙。其时，无论是声势还是心理，我已完全处于劣势。我对它的凶狠，完全建立在它的躲闪与避让上；而一旦它不再避让，变得强势和凶狠时，我就完全怂了下来。

我们俩从一对形影不离的好朋友，变成了见面就要开打的敌人。因为有过被咬的阴影，我对小虎开始恐惧，它的咆哮，它的怒不可遏，都让我发自内心地恐惧。那一段时间，我甚至开始害怕回家，时常视回家的路为畏途。小虎也因为有过咬人的劣迹，而且天天冲我怒叫而失去了自由。一根铁链套上它从来没有被任何东西羁绊过的脖子，它因此更加愤怒，每天狂吼乱叫，看到我时更是两眼充血，牙冒寒光，一副随时要把铁链挣断，与我同归于尽的样子。

那时的我，头脑里没有反思细胞，不明白这一切皆因我的愚蠢而起。我不该逼它吃不喜欢的东西，我不该在它发自内心地表达忏悔和歉意时伤害他。甚至在不可收拾的残局面前，我依然觉得自己是无辜者和受害者。这种愚蠢的轮回，难道不正是许多人曾经经历或正在经历着的吗？

几天后，愤怒的小虎死了。有人说它是气死的，有人说它是被毒死的。我倾向于后一种说法，因为我曾经在被小虎吓得不敢回家时，向父亲哭诉过，父亲曾对着门外说过一句："我会让它闭嘴的！"这句话在我看来，不过是一句安慰小孩子的话，就像大人们指着地面对摔倒的孩子说"敢摔我的宝宝，看我不挖了你"一样，是当真不得的。但小虎的死，真正的凶手，是我，是我的执着与不宽容。

之后的几十年，我与父亲从没提起过此事。在与无所不谈的小强聊天时，我也从没提起过这件事。不知道在小虎的记忆里，我是真正杀死它的刽子手，还是一个匆匆而来又匆匆而去早已淡忘的过客。但我知道，小虎于我，已不仅是一只小狗，更是一个警示。它常常来到我的梦中，提醒我关于爱和宽容的意义。在那些阳光灿烂的梦里，在它向我表达歉意愧疚的那一刻，我蹲下身，摸着它的头，满眼热泪地对它说："对不起！"

最后一堂语文课

　　我的最高文凭是职业高中,而我在职高的最大收获,就是认识了黄老师。他虽然只教了我一年,但对我的影响,至今还在。

　　对于我们这些家电专业的学生,语文这门课,可有可无,无足轻重。但黄老师并不这么认为,他告诉大家:"即使你们今后是一个修电视机、收音机的师傅,多知道一点祖先传下来的文化传统,也是没有坏处的!"

　　这句话与其说是开导学生,倒不如说是在开导自己——作为一个刚从普通高中到职业高中的教师,他像一个上错了船的游客,那种不安与不适,是可想而知的。但冥冥中这样的安排,让我有机会接触到正规的高中语文教育,虽然只有短短的一年。

　　黄老师上课,可以用一个字来形容——酷。他通常是左手捻一本语文书,右手揣在裤兜里;上半身最常穿的,是一件蓝底却洗得灰白,看着旧却很齐整的中山装;头发仿佛专为这身衣服定制一般,散着银白色的光泽。这身他穿着像文物的行头,让人想起电影里那些迎着阳光走来的青年。老师年轻时,应该是帅气的,这种帅气穿透岁月，保留在他的眉眼、言辞和举手投足之间。这是一种知识分子的气场，至少，对于我们这些没怎么见识过知识分子的小城青年来说，那就是文化人该有的样子。

语文课对于我们修电视机、收音机的人来说，并没什么用处。这件事黄老师与我们都是明白的。

职高学生也是学生。

修收音机的人懂点汉语的美也是好的！

这两条理由，支持着黄老师把这一门副科，当成了主科，一如从前带要参加高考的学生般敬业。而我们也从这道不起眼的配菜中，吃出了超过主菜的味道。

黄老师上课，通常是不怎么看课本的。他手里轻捻的那本语文书，也许是用来对付教导主任的。他对要讲的课文及知识点，早已烂熟于心，张口即吟，抬手就写，举手投足间，有一种不容不迫的气韵。即使是平常最不喜欢学习的同学，在那抑扬顿挫的诵读和讲解中，也体会到了知识的美感与魅力。这种感受对我们这群职高学生来说，是稀缺的。在此之前，我们因为自己中考没有考好，而感觉自己的人生已沉到了池塘之底，抱着到学校来学一门手艺的心态，面对自己并不太喜爱且枯燥难懂的所谓专业知识，厌学和绝望的状态，可想而知。

而黄老师的语文课，不啻沙漠中的一片小小绿洲，让我们被现实打击得疲惫不堪的身心，得到了异乎寻常的开解与拯救。沙漠中一泓不起眼的泉水，是可以救命的。别人怎么样，我不敢说，但黄老师于我,确有再造希望的作用,宛如《放牛班的春天》里的那个代课老师,用音乐拯救了工读学校孩子们的美感并重燃了他们对世界的希望。而黄老师,则是用汉语中最美丽的辞章,为我们原以为已被堵死的人生,开了一扇窗。直到现在,每当看到一篇好的文章和一首好的诗歌,我的脑海里都会浮现出黄老师为我们诵读的场景。

走得最急的,总是最美的时光。一年时间匆匆而过。当我们度过漫长的暑假来到二年级的时候,我们发现,我们喜爱的语文课,已离开了课程表——那是仅有的证明我们还是中学生的课程啊!那是我们视若偶像的黄老师教的宛如心理学、美学,以及百科知识的语文课啊!说没就没了?

关于语文课被取消,有多种传言。不管是哪一种,都指向了我们并不情愿发生的结果。于是我们展开了一场有声的反抗,开学第一堂课,不知是谁发起的,整个教室里响起了国际歌的旋律,我们不动嘴,只是让声音在喉头中低沉地响。这种声音整齐地汇聚在一起,其震撼和共鸣的感觉,可想而知。

我们那位无辜的、不明就里的电工基础老师,心理当然没有那么强大,被墙一样厚重的歌声一挡,仿佛头撞在岩壁上的小鹿,负痛仓皇逃去。不一会儿,班主任、教导主任、副校长闻风而来,救护车一般匆忙而焦急。

这在校园中,算是惊天动地的大事,自然要各种调查、各种询问,各种疏通与解释。费尽九牛二虎之力,他们终于搞清楚,这事是关于语文课的取消,是关于黄老师的。

　　从校领导到班主任，都有针对性地做出了解释；从办学宗旨到专业课程设置的紧迫性，再到黄老师的健康，学校方面都做了苦口婆心的解释。为了增加可信度，学校还特意安排黄老师回学校来给我们当面解释。

　　那天，黄老师依旧穿着那件我们熟悉的衣服，头发似乎更白了，脸上的皱纹也更深了些。他的肘下没有夹课本，自然也就不用把手插在裤兜里。九月的阳光，把他镀成了一个披满金光的雕塑模样。

　　还是那浑厚的男中音，含着一些不舍的酸涩，以及强要把这种酸涩感压制住的别扭。他几乎是以背诵的样式，重述了同样的内容，但被他一说，我们毫无排斥感地完全接受了。

　　接下来，他又说："同学们，听到你们为挽留语文课……所做的，我感到……万分……荣幸。我很荣幸，你们通过我，看到了文字之美、文化之美。但我的学养有限，只给你们开了一个小小的窗……不，只算得上一个小小的洞，你们通过这个洞，看到一点一滴的星空与苍穹，那是一个你们完全想象不到的广阔世界，你们需要继续扩大自己的眼界。这个世界有很多美好的东西，你没有看到，并不代表它不存在。也许它就在你眼前你耳边，但因为所知所识有限，你不认识它而已。一辈子很长，有很多东西需要坚持！即使你是一个修收音机的师傅，知道更多美好，与不知道，也是有很大差异的……"

　　那是黄老师最后一次在讲台上说话，也是我最后一次上语文课。

　　但那又是一个开始，是让我把语文和写作，不再当成一门课程，而是将它当成望向世界的小洞与小窗的开始。从那天起的三十多年时间，这种念头没有一天止息过。

我的同学里，这么做的也并不少。多年之后，他们有人成了央视主持人，有的成了书法家或画家，还有的成了公务员、商人或工人。不管当下在做什么，说起文化与美，大家都有一种"心之所向，素履以往"的景仰和坚持。

我不知道，这些是否都与三十二年前那个阳光灿烂的下午有关系。但至少，我的人生道路，与之有着密不可分的关系——

像种子与果实！

人生第一次受骗

据说人们对童年的清晰记忆，多为五岁之后。五岁之前的记忆，则是混沌一片，全靠父母和长辈们偶尔打趣聊天提起或生儿育女之后，从蹒跚的孩子们身上去重新唤起。老天爷让我们当父母，大致也是这个道理。

我六岁以前的记忆，几乎是一片空白，虽然在母亲和姨妈们多年来重复讲过的童年趣事中，我是那么聪明伶俐讨人怜爱。什么出生三天洗澡时就能抓住盆沿把盆子带起，三岁就能唱整段的李铁梅，我都完全没有印象。唯有一点记忆的是四岁那年我弟弟出生，大人们把我带到保健站的小四合院里，我看到一个皮肤红红的小家伙睡在妈妈的旁边，那本应是我的位置，我内心充满不平和愤怒。

除此之外，还有一件事让我记忆深刻，每每想起，都像刚发生不久一样，我甚至能回忆起那个燥热的下午的每一个细节。这件事的主角不是我的亲戚和长辈，而是我童年时代噩梦一样的存在——妈妈所在的街道卷烟厂负责人刘胖子。

作为一个管理着百十来号婆婆大娘的企业负责人，刘胖子在我和小伙伴心目中是个了不起的"大首长"。这个印象,首先来自于我们的妈妈们,这些在我们面前"强硬凶悍"的女人,说起刘胖子时都敬惧有加,她们的生计和生活质量,完全取决于刘胖子的一句话。开除谁不开除谁,谁做轻活谁做重活,全凭她的心情。因为有这般权力,刘胖子变得更凶悍更跋扈,时常像周星驰电影中的包租婆那样无事生非,把手中的那点小权,耍得跟金箍棒似的,以便从人们谦卑和隐忍的表情中,找到存在感和优越感。

那个时候,卷烟厂办了一个幼儿园,这是我整个童年时代唯一上过的幼儿园。这个所谓的幼儿园,只不过是找了一间闲置的库房安了几张闲置的桌子,又找了两个不太做得动活儿的老阿姨,把平时跟妈妈来上班的散乱孩子们归置到一起,以免影响生产。在那个没什么玩具也没什么书的幼儿园里,我最喜欢干的事就是扫地,因为每次扫完地,老阿姨就会把印着"值日生"三个字的红袖箍戴到我的手臂上,像荣誉奖章一样,而且允许我带回家一个晚上。这是我的幼儿园与别人的幼儿园唯一相同的地方。我戴着红袖箍,像穿上新衣一样高兴,恨不能将它顶在头上,让路上所有的人都看到。这点小小的荣誉感,让我从小养成了热爱劳动的习惯。一直到初中,每当学期结束,老师写总结时,若实在想不出我有什么优点,总能灵光一现地想到——热爱劳动!

一个燥热的下午,我和小伙伴们正爬上跳下地表演样板戏中的飞跳场面。一胖一瘦两位老阿姨捏着蒲扇闹中取静地睡着觉。这个时候,刘胖子来了,一脸稀有的笑容,眉眼弯弯像熊家婆似的。她举手示意大家别吵，事实上，这个动作纯属多余，因为她一来，整个房间的人都像玩木头人一样，都定在那儿了。可见，这些孩子中，少不了从小就被妈妈用"刘胖子"吓大的。夜哭或不听话，说一声"刘胖子"比喊"狼来了"还管用。

刘胖子对自己在我们面前的威力很满意，得意地向我们宣布，厂子后院里，拖拉机拉来了几车砖，这些砖，是用来修幼儿园的，所以，小朋友们也要出点力，要尽义务把砖搬回来。这是个光荣的任务，大家一定要认真完成。

我们一个个像电影里的战士一般，敬军礼，大的五六岁，小的三四岁，浩浩荡荡地来到后院山一样的灰砖前。事后多年我才知道，刘胖子之所以起用我们这帮小小搬运工，是因为厂区门太小，拖拉机进不来，对方要加搬运费，刘胖子不干。让我们的妈妈们来搬，会耽误卷烟工期。就在她焦灼的时候，库房幼儿园里喧天的闹声吸引她看到永动机一样的我们。她脑中肯定灵机一闪，想起了蚂蚁搬大象的故事。这几十个精力过剩的小家伙，威力肯定比蚂蚁大啊！

小小的砖头对我们来说是沉重的。但一想着不用再在那没有窗的"教室"里待，我们就异常兴奋。它不由得让我想起我和妈妈无数次用羡慕的眼神看过的机关幼儿园，窗明几净的教室，干净漂亮的老师和同学，有书有玩具甚至还有木马和滑梯。我们没进去过，但远远望去，宛若天堂。那是唯一一个让我想把自己胳膊上戴着的值日生红袖箍藏起来的地方。

但是马上，我们就要拥有那样的幼儿园了，我们手上的每一块砖,都是它的一部分,那样的幸福感与成就感,是难以用语言形容的。我用实际行动来表达对这份幸福的盼望,别人每次搬一块或两块,而我搬四块,我总觉得,每搬快一点,新幼儿园就离我更近一点。为此,肚子和手磨破皮,下巴和头发上都沾满灰也在所不惜。大多数小伙伴跟我一样,有的甚至被砖夹了手,刘胖子在一旁用"一不怕苦,二不怕死"和"轻伤不下火线"的口号鼓励我们,我们连眼泪都没好意思掉,擦擦手,又重新投入搬砖的"战斗"中。

我们虽然个头小,但战斗力惊人,不出三个小时,一大堆砖就成功地横移了三百米。大家的脸晒得红红的,上面挂着灰和汗的痕迹,但内心却充满了无限的喜悦。

之后的几天,施工队进场,我和小伙伴们看着那一堆砖在泥瓦匠叔叔的手中飞舞着,挂上砂灰砌在一起变成墙和梁柱,又看着木头房梁吊装上去,檩和瓦安上去,又高大又漂亮。

因为有了关于幼儿园的念想,枯燥的建筑活儿变得像一出趣味盎然的戏剧,我们常常在不远的砂堆上,看着工匠们劳动,那个建筑工地,成为我们去得最多的地方,它有一个名字——"我们的幼儿园"。

经过两个多月的盼望和等待,工程终于结束了,一座补轮胎的橡胶车间肮脏而傲慢地耸立在我们面前。机械工人叮叮当当安装机器时,我们还以为那是什么新型玩具,直至它冒着黑烟散着臭味发出可怕的噪声,我们才确定上当了。大家都愤怒地瞪刘胖子,刘胖子忙着接待来剪彩的领导,没空理我们。她压根儿已经忘了这群孩子曾经搬过砖,更不要说那句随口吐出的谎言。

　　这个谎言可能是刘胖子人生中无数谎言中极小的一个，但却是我遭遇过的最大的一个。虽然之前也听到过"你是妈妈从河里捞来的"之类谎话，但杀伤力远没有这么大，因为这是对我在乎的梦想撒谎，而我竟傻呵呵地深信不疑，并无限神往。

　　这是我童年中记忆深刻的事，它让我过早地懂得，说的与做之间必须要有联系才会有意义，否则就是赤裸裸的骗局。而对于那些天天拿美好蓝图来忽悠你，却暗地里让你吃亏的人，大到空谈主义的政客，小到用情怀代替工资的商人，你都应该警惕和远离。

雪茄为什么让我饱含泪水？

度过了四十八年人生的我，宛如风中的野草，卑微而不执着，总觉得老天爷让我遇到的人和东西，都有他的道理，故而，总是以一种随遇而安的心态，听之任之。无论好的坏的，接受它到来的合理性，并相信终究会过去，故而，对任何东西，我都没有特别的抵触。好的如此，坏的亦如此。

但唯有一样，我是坚决拒斥的，那就是抽烟。

我对烟的不接受，并非出于健康原因，更不是为了省钱，而是一种本能的拒绝，像有的人抗拒葱，有的人讨厌蒜，有人天然不喜欢鸡蛋或羊肉甚至鸡鸭鱼，就仿佛血液中天然的有某种抗拒因子。

我的这份抗拒因子，来自母亲的一段人生经历。

我的老家四川什邡，是著名的晒烟产地。自清初从外地迁来的人们将烟种带来，发现此地水土和气候适合种植，并逐渐摸索出用糊米加工烟叶的技术，什邡的烟叶及用其加工的雪茄，便已销行天下，名声在外。

作为一项重要产业，许多什邡人的生计，便围绕它展开——种烟、运烟、浇糊米、理皮、切皮、卷烟、打包等。鼎盛时期几乎每一个家庭，都会有一个人的工作大致与此行业有关。甚至整个小城，都充盈着一股淡淡的烟气，就像隔壁的绵竹县，四时都有一股幽幽的酒香。本地人习以为常，而初来的外地人，必为之一震，将其作为地方的一大特色而惊讶并牢记。

我的外婆、妈妈和姨妈们，都陆续加入过这个产业，有人理过皮子，有人卷过烟，有人炒过糊米。那时，各个居委会似乎都有一个规模不算大的"裹烟组"，弄一两间空房，搭几块门板，就能解决几十个家庭妇女的生计问题。

妈妈是家族中与烟打交道最久的人。从我记事开始，她把一皮烟叶挽在手上，麻利地撕去筋杆，用手抚平，然后用两块油光铮亮的石头压住，垒成一个高高的月牙形，然后捆扎起来的场景，就是我生活的主画面。我最喜欢看她捆烟的动作——并不是这个动作有多美，而是这个动作之后，她就下班了。虽然这时天已经黑了，但我们可以手拉手，穿过长长的没有路灯的老街回家。如果那天她心情好，口袋中恰好又有一毛二分钱，我们就会在小城唯一一家开夜堂的国营小吃店要上一碗鸡汤面，我吃面，她喝汤。那所谓的鸡汤面，不过就是鸡"洗过澡"的味精水加了几粒盐和葱花。而对于饿了八九个小时的我们来说，这已经是人间美味了。

但这样的场景并不多，所以才是弥足珍贵的记忆。更多的时候，当我们母子从黑暗的街道上穿过时，妈妈像所有年轻母亲一样，搜肠刮肚地把自以为有用的话向我念叨；而我则像所有孩子一样，心里只关注自己想要的东西。而这东西如果得不到，内心就会有崩溃和绝望感。

所谓境由心生，当想念面条而不得的时候，我就顾不得母亲为转移自己的愧疚和我对面的注意力而刻意讲起的故事。黑暗中，我只感觉自己像是被一团难闻的气味裹挟着的无助羔羊，被妖怪带到一个没有鸡汤面的令人绝望的地方。

那地方就是还要等妈妈做一个小时饭的家。

那气味就是妈妈身上的烟味。

妈妈身上的烟味，是四时不散的，只是季节不同，浓淡有所差异。夏天洗澡方便，味道会稍淡一些；冬天洗澡不便，则味道更浓。那种浓烈到透人骨髓的味道，于我而言，总与各种不爽连接在一起。除想吃面而不得之外，还有夏天闷热的工作间里如轰炸机般嚎叫的工业用电风扇及它卷起的呛人烟尘末，冬天结冰的烟叶和糨糊，以及妈妈们端着冰冷饭盅吃得清鼻涕长流的身影。而这之中，最让我难受的，是她与烟叶打交道的手。

像许多勤劳母亲的手一样，妈妈的手上布满各种伤痕，有幼时煮饭时柴刺扎的，有少年时代修铁路砸路基被榔头敲的，还有不计其数的针扎、刀切、油烫痕迹，直观地呈现了生活的艰难与辛辣。

而所有伤之中，尤以烟毒的杀伤最狠最恶。

在接触烟不久，母亲的手指上，就长出了各种细细的水泡，如针尖般大小，密密麻麻，重重叠叠，奇痒难忍。这种痒是抓心挠肺令人恨不得用酒浇、用火烫、用刀把皮削掉的那种痒。母亲最难受的时候，曾经咬牙用盐摩挲过它，足见其难受程度。烟毒宛如毒品一般，一旦沾染，自己的躯体瞬间变成自己不共戴天的敌人。

水泡破皮之后，就变成冒着黄水的坑，不停地往外浸着清汪汪的黄水。这些黄水，恐怕是妈妈的肉变来的吧。无止息浸出黄水的同时，她的手指变得一天比一天细，一天比一天烂，最严重时，深可见骨。

为了治伤，母亲用过紫药水、浇过曲酒、擦过碘酒，甚至抹过盐。这些措施，除了让她更难受之外，便再没有别的用处。唯一有用的措施，便是不碰烟叶；但在那个不允许私人做生意，每个人都必须待在一个组织里的时代，似乎也不现实。一个月二三十元的收入，于我们那个小家并不是可有可无的。她如果不干，至少有十个人，会呼天抢地欢天喜地地抢着干呢。那时，妈妈和她的同伴们，最担心的不是手烂，而是没机会烂。为此，她们对小组长甚至拉烟的车夫，都谦恭而隐忍，极尽讨好之能事。

没法隔绝就采取半隔绝的方式。妈妈的同伴们，有人用胶带，有人用橡皮手套，有人甚至用避孕套将手指包裹起来。那样似乎有些效果，但架不住橡皮套的闷热与不透气，痒的感觉在湿热的环境里变本加厉，随之她们的手指肿胀变形。在痒之同时，她们在摘下手套的时候，因肉皮被撕脱，还将多一份痛。许多时候，我在睡梦中被一声轻微的吸气声惊醒，即使背对着她，我也知道那是妈妈在取手上的橡皮手套……

我不知道那些带给妈妈脓血和皮脂的雪茄，会包上怎样花哨的外衣装进精美的套子和盒子,在哪一间高档的房舍里变成一缕异香。但我知道,我不喜欢烟味的根源,来自哪里,这几乎已成为一种病,一种在某种氛围下被视为异类的不可理喻的矫情。因为这个原因,我对雪茄充满了拒斥和反感,并"恨屋及乌"地连香烟也一并拒绝了。

2017年5月20日,一位相交多年的挚友邀我参加一个以雪茄的名义举办的乡村诗会。这一次,一向好说话且热心于各种文学活动的我,出乎预料地拒绝了,这让他很意外。事后,我一直反思,现在的雪茄生产工艺,早已不同于妈妈工作的那个时代了。即使手工做,也是一个个穿着唐装或旗袍的俊男美女,在点着檀香的红木案几上,用银剪金箔做修饰。雪茄已是"高大上"的时尚商品了,我们完全没必要用过去的眼光看它。

但我最终无法说服自己,无法将那东西与妈妈的苦难剥离开来,我无法将记忆中那些刻骨铭心的画面,都反转过去。我无法止住那些画面在我心中荡起的悲伤,更无法阻止看到雪茄后眼中的泪水……

别轻视那些卑微却顽强挣扎着的生命

　　我的小小花圃，是没有等级之分的。无论是买来的菊花、茉莉或栀子，还是捡回来收养着的芦荟、仙人掌、多肉，或自己从空盆中拱出的胭脂花，以及来历可疑的不知名的野草，我都一视同仁。来者是客，相识是缘，无差别地浇之以清水，偶尔良心发现，还会飨之以淘米水。

　　这样小花圃虽没有了整齐清爽的雅致，却多了几分杂乱蓬勃的奋进之气。菊花盆里挤出高粱，茉莉花里钻出剑一般的稗子，而栀子花干脆就被野胭脂花挤得抬不起头来，佝偻着，一天天满含幽怨地枯萎了。而各种苔藓、巴地草和根本无法叫出名字的小家伙，则更是在花盆底下、地砖罅隙和砖墙缝里，不知天高地厚地长得烂漫而鲜艳。

　　这样其实是非常危险的。余秀华有一句诗提到"稗子那提心吊胆的春天"，讲的便是这样的场景——对于植物来说，春天本是它们最好的时节，它们可以在阳光雨露的滋润下，尽情地生长发育。但这种逻辑，对稗子及各种被人类的实用和美丑观念排斥在外的野生植物是没用的。虽然它们也热爱阳光，吸着二氧化碳，吐着氧气，单独看起来很有形也很美，但因为它们的卑微，以及不能循着人类的审美偏好，即老实本分地长得规整，于是，享受春天于它们，便多了一分惊心动魄的侥幸——活着是偶然，连根拔起晒干晒死是必然，是它们逃不过的宿命。

而这堆野草遇到我，算是万幸和例外地躲过了被斩草除根的命运。主要是因为我懒，不常精心养护。次要原因则是不忍——我总觉得那些身世卑微却顽强挣扎着的野草，是我身世和命运的写照——给懒惰找这么"高大上"的借口，你恐怕是第一次听说吧？

说那些小草与我同命，绝不是为了写文章而胡乱攀附抒情。那些偷偷从花盆里冒出嫩芽，怯生生地探看世界的身影，那么像我当年只背着几本书和换洗衣服来到别人的城市，没有钱，没有文凭，甚至没有一把好力气，随时经历查暂住证和自行车牌，担心随时被连根拔起的样子。彼时的我，比野草更难受的是我有知觉，且脸皮薄。虽然这些东西于生计并没有多大用处，但于心灵的安稳，却有着巨大的用处——心安即归处，而一枝悄悄露头的稗子又如何能在随时可能被踩扁的春天里心安呢？

即至费尽各种力气，碰了无数钉子，总算在一家听起来还不错的媒体机构扎下根，宛如总算逃脱园丁火眼的野树，悄然抓地奋发，以修补自己的短板——我的短板，便是没有文凭，这让我在高手林立的文化机构如履薄冰；即便自己在采访、写稿、读书甚至拉广告上都比别人更努力更上心，但一接到人力资源部的电话，我就有一种病态的恐惧，哪怕这电话大多带来的是升职加薪的好消息，但我总担心那是例行抽查文凭。这是我的一个心病，也是我多年后读到那首关于稗子在春天提心吊胆的诗时泣不成声的原因。

也许正是这种心态，导致我后来在负责一些小小部门，招记者时更看重实际工作能力而没那么重视文凭，这也是我后来离开的"罪状"之一。但那几个"低端"记者，没有辜负我的信任，至今还活跃在媒体和其他行业，被业界首肯和信任。

对他们的惺惺相惜，与我对小苗圃中的野草野花不忍铲之拔之的心态，是一脉相承的。

野花野草们，当然没有我这般爱胡思与善感，也没有我想象的那般脆弱渺小。管你喜欢或不喜欢，它们就那么无声却坚强地疯长开来；管你凄风苦雨还是岁月静好，它们总保持看似娇弱却所向无敌的力量，虽低弱，却决不放弃。

有科学家预测：在人类消失以后，地球上所有人为的痕迹将在一万年内统统消失无踪。而那时，世界上唯一茂盛的除了野草，还是野草。

那些因无用而被消灭，对春天无限恐惧的野草，具有的生命力，不容轻视。

这也许就是我对时下某些将人分为"高端"和"低端"的言论不以为然的原因吧。

不要被瞧不起你的人说中

我听到过许多的格言和座右铭,它们对我各个时段的思想和选择有着或多或少的影响。其中影响最大的,就数我母亲对我说的一句话,她说:"不要被瞧不起你的人说中了! 对嘲笑你的人,最重的反击,不是与他对骂,而是让他的讥笑落空——你没有成为他所嘲弄的那个样子!"

母亲的原话没有这么文绉绉,但大意如此。这句话几乎就是她的座右铭,这使得她十分能干和要强,总能把别人的歧视和鄙视,当成激励的话语来听。比如,在我很小的时候,有邻居指着个子娇小的妈妈和我们瘦弱的两兄弟,无限鄙视地说:"你们全家加起来恐怕都打不赢一只鹅!"

穷人忌讳说穷,弱人忌讳说弱。母亲在听到这句明显不怀好意的话时,内心的不爽是可想而知的。但她没有跳起来反唇相讥说对方可以和牛比壮,也没有去拖一只鹅过来打得羽毛乱飞以证明对方乱说,她只是笑笑,对邻居说:"谁那么有空跟鹅打架啊。"

一场看似轻描淡写的玩笑,表面上就这么过去了。但这句话却像烙印一样，深深地刻进母亲的心中，不断提醒和激励她，要强起来，强起来。无论是对自己的工作还是衣着，无论对孩子的学习还是营养，母亲都更加细致和上心。直至多年后，她的两个儿子都健康地长大，并拥有了灿烂的人生时，她才长舒了一口气。这时，当年嘲笑她的邻居因两个孩子一个坐牢一个吸毒，忧愤而死。母亲并没有幸灾乐祸，而是暗暗惋惜和庆幸。当年邻居对她的嘲笑，让她看到自己的弱，进而努力振作，让嘲笑者的嘲笑落空，自己也就强大了起来。

这样的情形，也曾无数次发生在我身上。自幼开始，从体质到衣服，从成绩到工作，从长相到发型，从收入到住房，我都或多或少被别人嘲笑过。但我始终坚信妈妈所说的：不要被嘲笑你的人说中。说你傻你就傻给他看，是愚蠢的。况且，这个世界原本并没有你想象的那么多恶意，别人说的话，也许仅仅是不了解情况，或说的跟你想的不一样而已。人在自卑的时候，总是会刻意发现别人话中的梗，然后将它放大。

佛教中有"逆行菩萨"一说，讲的是你的仇人或敌手，完全有可能是通过反向作用的方式来助你修行的。自古以来，从敌人的攻击言语和行为中找到正向感悟的人很多。"不被敌人说中"，成就了很多人的人生。

球王贝利，本名叫埃德森·阿兰特斯·多·纳西门托（Edson Arantes do Nascimento），自幼因家贫受人鄙视，加之踢球时常惹祸，被人恶意地叫为贝利，意指"非常讨厌的家伙"。他曾经很抗拒这个名字，但并没有破罐子破摔般变成那样的人，而是以加倍的努力，把任何对他的攻击都变成了进球的动力。他的努力，不仅改变了自己的人生，还彻底地改变了一个词的词性。1970 年世界杯后，当贝利率领历史上最强大的巴西队成为唯一获得过三次世界杯冠军的球员时，英国《星期日时报》又用大标题的形式赋予了这个名字另一种意义："贝利如何拼写？G-O-D（上帝）！"

谁现在还会将"贝利"当成一个骂人的词呢？

"懒人"的价值

日本著名电影导演山田洋次年轻时为生计所迫，跟人去跑单帮。几个人相约，把货物从价格相对便宜一点的地方买来，背到价格卖得贵一点的地区去，从中赚点差价。

与他们同行的人中，有一个讨厌鬼。此人背货时总拣轻巧的，出钱时总是找借口少出，而分钱时总能说得出多分一点给自己的理由。总之是一个十足的贪便宜的懒人。即便大家都有些讨厌他，但每次做生意，大伙都还乐意叫上他。并不是大家有受虐倾向，而是此懒人有一种异于常人的本事，就是讲故事。他能把看来的和听到的事情天花乱坠地讲出来，路途上偶尔还会随机根据刚遇到的事情，编出好玩的段子来。他的存在，让旅途变得不再那么漫长和枯燥，大家宁愿让他偷些懒或占些便宜，也愿意带他一起。

这个故事与三只小老鼠的寓言有异曲同工之处。在冬天到来之前，鼠老大拼命挖洞，把干草和棉花拖进去准备构建一个温暖的安乐窝；鼠老二则疯狂收集稻谷和果实，准备过冬的食物；而鼠老三却哼着小曲，什么都不干，四处去闲逛。当冬天到来时，三只老鼠住在老大修的温暖小窝里,吃着老二收集的食物,听着老三给他们讲四处看到听到的各种有趣故事,愉快地度过了漫长而黑暗的冬季。

山田洋次和小老鼠们都因为知道了懒伙伴的价值,而从中获得了愉悦。这一种非物质意义的价值,对于一切以物值作为参考标准的价值体系来说,是一种不言而喻的冲击。

我还听过一个相反的例子:成都著名评书艺人李伯清未成名前,与小街上主流的好好上班或做生意挣大钱的人不一样,他平时总是喝茶看书哼哼小曲,被邻里家长们视为反面典型。他在茶馆里讲评书卖茶,大多也以失败告终,讲一段故事换一杯茶或烧饼,也常常被人视为占便宜。

多年以后,李伯清成为四川著名笑星,演出门票价以百元论,那些当年感觉被他占了便宜的人才幡然发现是自己占了便宜。

一些人总是把“物”看得很重,总觉得智慧与趣味没有价值。他们不把别人的点子和创意当有价物,不把别人的知识产品当产品。他们舍得花几千元买高档手机,却舍不得花几元钱买一份正版软件,或花钱下一首自己喜爱的歌手的新歌。在这一点上,年轻人做得比老年人好。他们喜欢哪支乐队,就会花钱去买他们的专辑或看他们的演唱会;喜欢哪个明星或导演,就会去影院看他们的电影,并坚定地认为,只有让对方挣到合理的利润才能保证自己今后能看到更多的他们的作品。

智慧产品和趣味被认可为有价值,是社会进步的重要标志。因为一个社会对这种价值的承认度,直接决定着它的创新能力。

被强行施予的好意

周末骑游，途经乡间一座老庙，住持是早年熟识的一位师父。于是跑去讨口茶喝，顺便叙叙旧。问起近况，老师父愁容满面，说正遇到一件棘手的事——一位热心的施主，觉得庙里的安保有缺陷，硬要布施一条狼狗，好意不容拒绝。

这位施主对庙里的事可谓尽心尽力，为庙里出力出钱颇多，老师父不忍拒绝他的好意。但一想到站起来有一人多高的狼狗与寺院的"画风"完全不搭，老师父犯愁。再一想那狗随时出没对常来进香的婆婆及她们带来的孩子造成的威胁，老师父可谓愁云惨淡，不堪其烦。

那位施主我也认识。我于是骑车到他的小院。他恰好正在家中，正在为那条大狗梳洗打扮，一副兴高采烈的样子。我在狗狗并不太友善的叫声中，把他带给老师父的困扰讲给他听。这哥们儿一听，一拍脑门说本以为老师父拒绝是出于客气，不想还真是给他老人家带来了烦恼。本想这么可爱的狗，既可以守门，又可以做伴，多好啊！

我问："你让老师父天天去哪里给它搞骨头啃?"施主顿时语塞，瞬间觉出自己行为的不妥和荒诞来，于是放弃了这个赠予计划。

这就是典型的把"自以为的好意强加给别人"的事例。他喜爱狗，并感觉到了它的好处，却忽略了别人的不喜爱或不得已的立场。本是一片好意，却干出让别人很难受的事。

日本小说《佐鹤的超级阿嬷》里也有这样一个故事：在初中毕业之前，主人公昭广所在的棒球队决定去宫崎完成一次终生难忘的毕业旅行。但久保同学因家境太贫困，拿不出那份钱，而决定不去参加。棒球队员们很不甘心，瞒着久保分头去打工挣钱，大家付出了巨大的努力和艰辛，终于挣够了久保的那份钱，可以完成"一个都不能少"的毕业旅行愿望。但久保同学最终还是没有成行。为之付出努力而感觉好心被当成驴肝肺的小伙伴们因"爱"生"恨"，愤怒地去指责他，却发现他们在未征得对方同意的情况下所热情给予的，并不是久保需要的。他们看重的是"一起旅行"的意义，而久保所看重的是"不给人添麻烦"的自尊。这为主人公上了一堂极其深刻的人生课：不问而赠，而把亲切强行施与别人，这是对别人的冒犯和不尊重。

不问而取是偷，大家天然厌恶之；不问而赠，是忽视对方的感受，是冒犯。而后一种，往往在"我是想为你好"的掩藏下，而忽略了它的危害性。比如前文所述的要给寺院赠狼狗，或强行资助同学旅行，都是只从自己的角度去看这种"好"，殊不知，你所认为的"好"并不是别人所认为的，有的甚至会导致尖锐冲突，造成纷争和不愉快，甚至惹出灾祸来。

这样的场景，是不是很熟悉？在现实生活中，我们常常遇到这样的事情——一个热爱酒的人，以为世界上所有的人都和他一样，能从酒中找到欢乐和愉快，于是把酒强灌给所有人，不管对方是否对酒精过敏或是肝脏有病；一个追星的人，总是不遗余力地将自己的偶像，不容拒绝地推荐给所有的人；一个从小把儿女当成自己最重要的"展览品"的母亲对儿女生活全天候无死角的热情介入；一个单相思男孩不断地在并不喜欢他的女孩面前做自以为能感动她的事情，并将此理解成"付出"……

这样的事，每个人都或多或少地干过。

我读高中时，有位好朋友的哥哥结婚，看着他们漂亮的新房，我总觉得应该有一幅漂亮的山水画。于是就自作主张，跑去找我舅舅。舅舅当时已是小有名气的画家，在我的央告下，舅舅按我的想法画了一幅我认为非常棒的山水画。为了让它更美，我还东拼西凑花了三元五毛钱把它装裱起来。这在当时算一笔大钱，相当于我那工资不算低的父亲一天多的收入。裱好之后，我兴致勃勃地把画给同学送去，眼巴巴地等着他们在漂亮的新房里为那幅画留出位置。但最终，那幅画并没有出现在新房里。在之后很长一段时间里，我的心中都充满了怅然与怨意。我和那位同学的关系，也由此降了无数个等级。

多年之后回想起这件事，我才明白，当时我这种不问而赠的行为，给人家带来了多大的困扰与不便。并不是所有的人都和我一样喜欢那种类型的画，我将自己的好意强行给予别人，实际上是干涉了别人布置自己婚房的自由，想改变别人新房的风格，与那种强行给别人千辛万苦生下的孩子取名字的行为一样，是不合适甚至荒唐的。而由此认为自己是"热脸去贴冷屁股"，并产生怨恨感，更是愚蠢的。

幸好，在多年之后，我明白了这个道理。虽然有些久了，但还不算晚，是吧？

不是在所有旅行中，你都会掉下海的

2014年8月，我跟团到越南岘港旅行。旅行中的一个项目，就是到占婆岛浮潜海钓。

行程与所有的海岛游没什么区别，在太阳下晒得人冒烟的港口等了一个多小时，并且经历了不太情愿的小费敲诈之后，我们坐上了去往占婆岛的快艇。驾驶快艇的渔民们，将快艇开得跟飞机一样，船在浪尖蹦跳着，飞离水面，又扎下去，溅起一片水花，给人一种刺激而兴奋的感觉。在大家从头到脚几乎都湿透了的时候，占婆岛到了。

短暂歇息并喝了两杯特制的冰镇椰汁之后，我们开始按兴趣分头行动。有人激动地换上泳衣和护具，要冲下水去和珊瑚约会；有人则坐上簸箕船，要到海湾的水泥墩前去钓鱼。我对这两项体验项目都不感兴趣，背着相机，想去拍一点岛上人们生活的照片。此前来的路上，妇女们用水盆装着手膀子粗的龙虾，男人们猴子般在椰树上乱蹿的身影，以及孩子们拿着大螃蟹为武器对付狗的场景，都让我有强烈的拍照发朋友圈的愿望。

就在这个时候，有声音把我叫住了，是同游的电视台记者丽丽和她的儿子锐帅。她们想去钓鱼，但摇簸箕船的越南渔夫却认为必须要两个大人上船才能开，他认为锐帅太小，不算。沙滩上只有我一个闲人，于是拖我入伙凑数。

漂亮的丽丽和可爱的锐帅此前与我相处甚好，这点小事相求，当然不在话下。我虽然不喜钓鱼，但上船帮她们拍些照片也不错，况且，簸箕船我从没坐过，体验一下也无妨。

簸箕船，顾名思义，就是一种像簸箕一样的船，宛如一个球被剖成两半，中间搭根木梁，游客和渔夫，就坐在上面。船夫摇着船，用带越南腔的英语向我们介绍，丽丽则用英语和想象力，比画着与他聊天，虽然有点费力，但也还趣味盎然。看着碧水之中鱼儿谨慎地从我们的鱼钩边游过，大家开心得一塌糊涂。

回程时，丽丽很开心地给了越南渔夫五十元人民币小费，按时价大概值十万越南盾，这几乎是渔夫两天的收入。难得受到来自异国美女的赏识，渔夫万分高兴，上足发条般地开始炫技，把船桨舞得跟金箍棒似的，簸箕船也如同屁股上涂了辣椒的鸭子，在海面上乱窜起来。然后，如众多乐极生悲的故事那样，一个筋斗翻入海中，在被我们"压榨"了半天之后，簸箕船成功地翻身做主，扣在我们头上……

当时，大家什么都没想，只一个念头，就是抓住锐帅不让他沉下去。等周围的人们七手八脚把我们拖拉上船，回到沙滩，我一清点，发现损失了两个苹果手机，一个三星手机一个索尼黑卡二代相机，一个松下 GF - 1 微单，还有一个跟了我好多年，只有在出外旅行时才偶尔"胖"一回的钱包，它们被浸泡或失散，令我心情很沮丧。

看着沙滩上散落的一大堆电子产品，渔夫的表情跟撞了宾利的奥拓司机差不多——那里面任捡出一两样，应该都是他几年的收入。我和丽丽及锐帅，则落汤鸡似的面对着四面奔来看热闹的人们"外焦内乐"的表情。这样的场景既令人尴尬又令人难堪。

而这时，我嘴里竟莫名地喊出一句："没事的！不是所有旅行中都有机会掉下海的！"这句阿 Q 味十足的话，如小丑闯进严肃的会场，瞬间把严肃变成了搞笑，我那沮丧的心境也随之好转。

想想也是，旅行就是打破生活的惯性，让自己从某一种熟悉得乏味的状态中挣脱出来，难道不是一次更彻底的挣脱与打破吗？

因这次下海，我们体验到与旅行团其他团员完全不同的旅行状态。我们在导游带领下，逛了原本没安排旅游的岘港城区，体会了旅游区以外的市井生活，考察了各种维修店和商店，了解了当地人们艰苦的生活和创业情况。我还从导游手中接过离开我几天的钱包，虽然里边的钱已无影无踪，但里面包括身份证在内的各种卡，还是让我长舒了一口气。

当然，我们还体验了一种独具特色的示弱式谈判法。在理赔时，合作社领导人只一味地承认错误，态度既诚恳又老实。然后他们又不间断地表达自己的贫穷与窘迫，让我们心怀悲悯地把赔偿额度以对折的幅度，一降再降，最终只让他们象征性地赔偿了结。

这些计划外的旅行经历，居然在多年后，成为岘港留给我最深的记忆。这也使得岘港成为我旅行过的众多地方中被我提及最多的地方。一切皆缘于那一场出乎预料的事故，它使得情节脱出了庸常，而增加了超常的趣味。

　　并不是在所有旅行中，你都会掉下海的，换一个角度，事物展现给我们的意趣，则完全不同。旅行如此，生活亦如此。

我曾经的"穷人思维"

一条关于砍柴人与放羊人的故事刷爆朋友圈,其大意是砍柴人和放羊人聊天,放羊人告诫他:"我是放羊的,和你聊天的这段时间,羊儿还在吃草长肉自己繁殖,而你的柴却无法自己从树上掉下来走回家里,你就不要再在这里和我瞎耽误工夫了!"

这个故事,跟另一个"管道与井"的故事有异曲同工之处。那个故事讲有两个人,一个每天挑水喝,另一个拼尽全力搭建水管。后来,挑水的人挑不动了,就没水喝了,而搭管道的人在挑不动的时候,却通过管道喝上了自来水。

这两个故事,其实都是关于资本和财富的寓言,它从根子上讲明了一个关于财富的道理,即资本本身是有生命的,你如果善加利用,必能得到它的帮助,事半功倍。反之亦然。

教科书上讲:"资本,就是能赚到钱的钱。"以往说起它时,我们脑海中闪过的无不是穿着燕尾服、戴着高帽子,大腹便便的阔佬和商人,总觉得他们离我们很远。事实上,资本并非J.P.摩根或洛克菲勒们的专属"玩具",而是像农人的种子,每个人的口袋中或多或少都有几粒。

　　这个道理，我以往是不懂的。在大多数时候，每个月当着月光族，却又天天叹息自己没有发财的资本和能力。直至某一天，我被生计牵引，从日渐衰落的媒体转到一家互联网金融企业，接触到了与以往环境里全然不同的一群人，他们教会了我看利息差，让我明白国际新闻和股市及大宗商品与我口袋中的钱之间的关系，还让我明白信用卡三十天免息空间可能创造的价值。而其中最重要的经验，就是让我明白一个最粗浅但却一直忽略了的道理——你的钱必须"活"着。只有钱"活"着，它才会像牧羊人的羊，自己吃草，自己长肉，自己繁殖。

　　所谓"活"着的钱，就是可以调动且随时可以变现的钱。它虽然可能会以股票、债券和债权，甚至增值前景不错的房产或收藏品的形式存在，但它的数额，会跟随经济大势和社会动态浮动。它会增长，也会缩水，在收获的时候你可以变现，在亏损的时候你也可以斩仓止跌。总之，它的存在，是动态的。

　　与之相反，死钱则是固化的，价值不变（即使变也只跌不长），完全无法变现的钱。这种钱，通常是用于消费的那一部分。

　　正因为如此，"不要让你的钱死掉"，成为理财达人给我们的最重要的一条忠告。而用这条忠告衡量一下自己此前二十年的生活，我才冷汗淋漓地明白了自己错过了什么。

　　1999年年底，我刚到成都打工，因为总担心"别人瞧不起自己"，总希望让人们看到"混省城"的不一样，于是总喜欢把并不太多的钱用到一眼看得见的消费中去，一副把自己装扮成时刻准备衣锦还乡的样子,敢花三到五个月的工资买一个摩托罗拉天托手机。要知道,那时我所在的最热闹繁华的红星路片区,房价也才两三千块钱,我可以把三五平方米的房子变成一个高档手机捏在掌中,任其过时老去,成为一件废品,却漠然错过了买房的最佳时间。我像一个把种子拿来煮稀饭的人,以一种不看未来的短视心态,将自己得之不易的钱一一花掉,成为不能再产生效益的消费品。而在我被虚荣心驱使,胡乱买手机和消费品时,几个机会从我手边悄然滑过。其一是我在德阳的原工作单位通知每个员工缴款买最后一轮福利房,二万三千元,九十多平方米的位于市中心的宿舍,我拿不出钱;第二个机会是华西医院旁新修学生公寓,首付两万,月供四百元,我拿不出首付;第三个机会是我的一位前辈同事换新房,要把离单位不远的九十平方米外加自建的玻璃阳光房和屋顶花园以十八万的价格卖给我,后又再优惠两万,我也拿不出钱。事实上,作为在当时还算高收入的媒体人,我只需要节约一点,三年之内就能攒下这笔钱。而之前所说的华西医院两万多的首付或德阳福利房款,也就是一个天托再加一个彩色翻盖手机的价格。

　　德阳那套放弃的福利房,事后多年翻了十几倍;华西医院的电梯公寓,目前租金一千二百元,扣去按揭,净入八百元,每年的收益近万。而那套有玻璃阳光屋的顶层花园房,我就不好意思再说它现有的价格了。一位收入比我低但不怎么乱花钱的同事买下了它,仅此一项,就赚得比当记者十年的收入多。还有一条,我更不好意思说,就是当时在某啤酒集团供职的一位小兄弟因急需用钱,以1:1的比例要把手中的三万元原始股权转让给我，我因拿不出现金而拒绝了。不到十年，公司被华润收购，回购 1：30 左右。那三万股……还是不想了吧！

以上几条，都是我三年内错过的"羊"。如果当初思维方式有一丁点儿的务实，它们都会进入我的"羊圈"，在我与别人闲聊时，自己吃草，自己长肉，自己繁殖。而我却一手将它们掐死，像曾经嘲笑过的把贵重的长毛獭种兔拿去红烧的人。

我这种事后诸葛亮式的惋惜，很难说不是笑话中那个捡到一枚鸡蛋，就幻想出一堆财富的妄想者。我所错过的，也许只是一些财富幻象，但可以肯定地说，我那种将钱胡乱拿去消费的方法，与"不要让自己的钱死掉"这条理财铁律，是完全相悖的。我辛劳大半生，至今还在过"一日不做，一日无食"的生活的根源，就在于此。正因为如此，当理财达人们把这条铁律告诉我时，我才有恍然惊醒的感觉。与我一起拍头后悔的，还有一个几个月前刚花了所有家当用几十万把自住房装修得如王宫一样的小哥们儿。

那是不是我们就必须变成一个吝啬小气的守财奴，一脸寒酸地拒绝消费和享受？答案当然是否定的，活着的钱总会产生利润，如同羊儿长大、种子结果，谁又能禁止人们在秋天安享收获的果实呢？但前提是，在春天，你没把种子全部吃掉。

缠在心上的锁链

清晨的鸟市上,总有几个起得比鸡还早的爱鸟人,拎了各自的笼儿和架子,到茶馆里来彼此晒侃一番,给自己这点小小爱好,找一点乐趣。

吴大爷的画眉、张三叔的百灵、华成的白燕、李二娃的八哥,唱的跳的说话的、模样长得花哨好看的,各领风骚,自成风格。每日里宛若套路规整的折子戏,你方唱罢我又来,甚至排名次序也不变地牵引着大家的话题和关注度。

今日的气氛,有些异样。鸟贩子林红嘴提前从成都来了,照说他每月初一、十五各来一次,大家都已习惯了他的节奏,如今冷不丁突然冒了出来,显见是有什么新鲜事。上一次他打破节奏跑来,已是三年前的事,那一次他带了一只长着两个脑袋的猫头鹰,八千元卖给陈九爷,九爷买下来乐了不到两天,这猫头鹰就让猫给吃了,气得老头一口气没上来,也当场咽气了。有了此段经历,人们对林红嘴的突然到来,竟莫名的有了一些警惕,生怕他又从包包里掏出什么"不祥"之物。

林红嘴哪知众人心思，从三轮摩托上取下一个口袋，撑开罩子，里面竟是一个方笼，打开方笼，拎出一个架子，上面兀自端站着一只鹦鹉，绿色的羽毛，侧光之处显出蓝青之色，红红的嘴唇，宛如衔了一枚玛瑙做成的哨，一双小眼睛，炯炯有神。从帷帐里出来时，宛如明星从舞台下方的升降机上冉冉升起，虽对外面的强光有些小小的不适，却很快定过神来，范儿十足地抓住了整个场子里的所有关注度。

通常，这个时候是该打招呼了。那明星范儿的鹦鹉显见是知道套路的，当它升起并越过众人的头脸挂在树枝头完成亮相之后，便清脆地喊出一句："哈罗，古得摸铃！"

众人顿时哄笑了起来——说话的鸟儿见过不少，张嘴就来英语的，稀罕。

大家于是来了兴致，搜肠刮肚地把记忆中剩得不多的英语单词，用来逗鹦鹉。有的甚至把从电视里学的"八格牙鲁"都用上了，那鹦鹉居然能接口来句"米西米西"，看来这家伙也是看了不少抗日剧的。

林红嘴笑道："别说你来日语，就是法语、意大利语、泰语、葡萄牙语，它都会几句。人家可是漂洋过海，轮船、火车、飞机，都坐遍了才来的！"

众人于是又惊叹了一番，好奇之余，多了几分油然而生的敬意。

不出两分钟，又有人品咂出鹦鹉的奇异之处："你看你看，这玩意儿居然没有拴链子！"

大伙一看，果见那鹦鹉裸着双脚，自在地站在架子上。

看看它健硕的翅膀，大伙开始质疑林红嘴，他不会是养了一只雌鹦鹉在家里，然后拿这只漂亮鸟儿四处卖钱，卖完它又自己飞回来。

林红嘴大呼"冤枉"，说这鸟儿的最大卖点，就是不拴链子，打死不飞。

难道它翅膀有残？

不残，只是不飞。不信可以打赌！

一听打赌，众人都来了兴致——这鸟市上太久没见着新鲜事了，有赌性的和看热闹的，都跃跃欲试。

赌局说定，三小时之内，众人只要不碰鸟儿和架子，无论用什么办法，让鹦鹉飞离站架，即为赢，反之则输。赌资一千元，交由中间人保管，谁赢归谁。

双方的一千元很快凑齐。众人又觉三小时太短，改为五小时，并取尽鹦鹉架上的食物和水。对这些刁钻要求，林红嘴只撇嘴一笑，通通都答应下来。

鹦鹉挂上树枝，人们开始想招儿。先是击掌，敲锣，放炮仗之类武攻，后是扔花生、玉米、瓜子在地上的文逗，还有人学猫叫，或干脆主张去找一只胖猫来实施心理战术，甚至还有人主张去找一只漂亮的雌鹦鹉过来演"美人计"……

但那只鹦鹉却并不理会，依旧只是自顾自地稳稳地站在那支架上，或单脚或双脚，死死扣住那根木棍不放。

时间一分一秒推进。众人想办法，却似用竹刀砍石头，没有半分进展。

他们也并不是完全没有机会。在赌局进行到四小时四十五分的时候，鹦鹉几次将空空如也的食盒和水盒磕得当当直响，显见是饥了渴了。众人看到获胜的希望，紧急行动起来，在它目光所见的地方，又是倒水又是撒玉米和瓜子，还故意搞成声光色都无比诱人的样子，水声潺潺，玉米金黄，花生落地发出令人心痒的声音……

鹦鹉的小眼变得更加闪亮。它收翅下蹲，一副随时弹射起飞的架势。

众人屏住呼吸，等它大翅一扇，腾空而起。

连周围笼子里的鸟都不叫了。

鹦鹉似乎在为自己打气，像悬崖边准备蹦极的人。

鹦鹉先生面对的"悬崖"，不过是一段离地不高的小树枝。

它的腿颤抖着。

它的翅膀轻扇着。

只需轻轻一抬脚，一振翅，便会迎来呼天抢地的一片欢呼。

人们按捺住悬在嗓子眼的心，大气不敢出，唯恐自己任何一个小小举动，让鹦鹉的努力前功尽弃。

那一刻，连林红嘴也有些紧张和动摇了。

但在尝试了无数次之后，它最终还是没有如众人期望的那样，脱爪展翅，飞向食物。

时间到！

公证人一声断喝宣布赌局结束。林红嘴连本带利收下两千元钱，得意地开始收拾鹦鹉，给它加水和食物。

有人不甘地说："你是不是给它爪子上涂了胶水？"

林红嘴抓起鹦鹉，把它拿到众人面前一晃。

鹦鹉不情愿地离架，双脚干干净净，并无异物。

林红嘴得意地说："既然赢了你们的钱，不妨让你们长长见识，这鸟叫墨西哥鹦鹉，驯养它可是有窍门的，打从小起，你就把它放上木棍，随时抽掉木棍，让它摔下来，摔得它不敢放手。直至长大，它翅膀长硬了，也不敢松爪，生怕松开就摔跤，所以，它绝不会放手去飞。成都的老乔买过一只，一次出差忘了给它喂水，几天后回来，鹦鹉已饥渴而死。离它不足五米，桌上水食都是充足的。别的鸟锁链是拴在腿上，这鸟的锁链却是拴在心上的，虽然看不见，却十分牢固。大伙不要往外说去，我还指着往绵竹德阳去打赌挣几个饭钱呢！"

众人称奇者有之，沉默不语者有之。后者占多数，显见并不是因为输了钱而伤心。

那天之后，鸟市上少了两个早起的人。一个是司法局副局长老吴，他终于辞掉抱怨已久的工作，到上海当律师去了；另一个是久不升职的技术员小陈，据说是到成都创业开公司去了。这两个人是众鸟友中鸟养得最差而牢骚最多的，常常是众人调笑的对象。

大家为少了两个可以磨牙奚落的人，而多少感到小小的失落……

我的十六个家

　　和几个小同事聊天，无意中聊到了房子，发现关于房子，大家都有一肚子的故事。于是，我也想起自己和那些房子的故事。

　　工作了多年也漂泊了多年，我辗转从深山中的厂区到县城到地级市，最后到了现在居住的大城市。其间，我搬了十六次家；在十六套档次各异，朝向不同，宽窄和新旧都不等的房子里存过身。我的很多记忆和故事，也与这些形形色色的房子连在了一起。

　　在我印象中，记忆最深刻的是山区小厂里那间没有窗户的楼梯间，在那个白天也要开灯才能看见东西的地方，我住了七年，至今很多梦里，都会有那股永远挥之不去的霉味和永远都不能停息的上下楼的脚步声，还有屋檐下那株从青苔之中脱颖而出的枸橼，和山风刮在树枝上那凄厉而破碎的声音。那个时代，我写诗，每句诗里都能读出一些苦涩的愁绪。我想，这些愁绪与那间单人牢房般的房子不无关系。

　　后来，我谈恋爱了，和未婚妻租住在城郊的一处农家小院的屋顶单间。那是一间冬冷夏热、晴天透光、雨天漏水的小房子。每年雨季,我们便将屋子里能够拿来当容器的东西拿出来,摆在每一处漏雨的地方。我们还会半夜起来,将床移到尽可能少被雨滴到的角度。有时,我们甚至会横睡在屋子的正中央,听着屋内高低不等、疾徐不同的雨滴声进入梦乡。那时,我曾流着泪对身边的未婚妻说:"总有一天,我会给你一间不漏雨的房子,给你一个温暖的家。"这个愿望还没实现的时候,一场大雨破门而入,将我多年蚂蚁搬家式攒下的视若珍宝的书泡成一堆烂泥,让我痛不欲生。

再后来,我结婚了。在双方老人的共同努力下,我们在老家什邡拥有一个在当时还算看得过眼的新房。新房建在花市上,四周花香鸟语,好不温馨。我和妻子在那里度过了一段甜美的时光。

但好景不长,再往后,我们就跟随命运的安排,一起到德阳上班,在那里,从无到有,建起一个不奢华但还算可以过日子的家。那房子最大的特点,就是厨房在阳台上,而阳台正好在领导和同事们上下班的必经之路上,仿佛是一个小戏台般,很多老同事至今都还能记起在那里上班的日子里,我每天光着膀子在灶台边大铲如飞的样子,很多小同事也在我那间小小的客厅里,围站着大块吃肉,大口喝酒,好不惬意。

再后来,命运再次阴差阳错地将我们送到了成都。因工作的变动和生活的变迁,我和妻子在高档公寓借住过,也在环境极差的小区里生活过。我们曾在破旧的老房子里一边听《二泉映月》一边啃烤红薯,也在崭新落地窗下的地铺上细数城市红尘中好不容易透下来的几颗星星。我们在电梯房里打过地铺,也在筒子楼里抓过蟑蝇。最离谱的是在成都猛追湾六号院的那套小房子里，我在两个月内打死了十五只老鼠……

在不安的生活中，我常常为当年自己的承诺而叹息，也常常瞪着报纸上的房产广告在那里设想我们拥有那套房子的情景。有时，我们甚至会在深夜两点下班的时候，从宁静的大街上走过，数着城市雨后春笋般生长起来的楼房，幻想着半天云中属于我们的那间子虚乌有的房子。我们常常会苦涩地一笑，说："走，去看我们的房子。"

为了那套停留在我们梦想中的房子，我常常很自责，总觉得自己骗了妻子，觉得很对不起她。但每当这个时候，她总会宽厚地一笑说："我们没有房子，但有温暖的家！"

这句话显然是为了宽我的心，但效果却恰好相反。每当听到她的这些话，我就感觉心里沉甸甸的。

再后来，我们按揭买下了一个小户型房子，在成都总算有一个相对安心的落脚地方，孩子也从老家被接了过来，一家人住在一起，虽然不太宽裕，但总算能亲热地待在一起。最可喜的是，这里离上班的地方很近，邻居在屋顶修了一个小花园，我每天可以在那里借地看书喝茶蹭花香。在我们买房之后，房价更是如火箭一般涨了数倍。有一次我与朋友开玩笑说："小户型最大的好处就在于能让亲人们隔得更近。"这家伙居然拿去给别人做了房地产广告。

在成都城中心一座电梯公寓里，有一套小小的房子，里面住着三个快乐的人，在不宽阔但还算温暖的小房子里，做菜做饭，打打闹闹,踩着鸡毛蒜皮,感知岁月静好。

　　这些,就是我关于房子的记忆。

　　一句广告语说:"家是什么? 家是放心的地方。"因为我们的心都不大,所以感觉它还算温暖宽敞。

工作氛围的价格

我的一位朋友不久前辞掉了月薪一万的报社工作，跑到一家网站应聘了月薪六千元的岗位。很多人都觉得他的举动不可理喻——在当下金融危机搞得白领们人人自危的时候，他做出这样的选择，确实有点让人难以置信。

他原先所在的报社是本地发行量和广告收入最高的"大牛"。他又是创刊就在那里的老员工，如果没有搞出什么惊天动地的麻烦，他可以一直安然地挣着令人羡慕的月薪、享受着不差的福利待遇，安然度过经济危机的冬天。但他却不可理喻地做出了选择，而且义无反顾。

有天晚上喝茶，我将自己的也即大家的疑惑说了出来，想听听他的真实想法。

他说：我之所以跳槽，是因为工作气氛。原来工作的地方，因为是强势媒体，领导们一个个都牛气冲天，对人说话，从来都是限令式的，你必须怎么怎么，否则"下课"，你必须那么那么做，否则走人。虽然我知道那只是他们的口头禅，但那种强势的拿着鞭子驱使人做事的方式让你找不到一丝丝儿的工作快感。他们的所有作为，就是让你知道，你不过就是一个可有可无且身后随时有几十个替补队员等着顶替的螺丝钉，而你所得的工资和福利，与其说是一种报偿，倒不如说是一种赏赐。而事实上，为了完成工作，我们通常是几天几夜不眠不休的，但领导在此时不会有半句慰问或安抚，让人心灰意冷。

很长一段时间，我焦虑、失眠，并不是我的能力胜任不了工作，而是那工作让我感觉不到快乐，越努力越觉得是自己欠了别人的，像个童养媳，明明拼死拼活地干活儿，夫家却说你是被他们养着吃闲饭的。你说，那种感觉好受吗？

我之所以决定到现在工作的网站上班，是由几个小细节决定的。其一，是对方的老总请我去他们那里上班时，将他的创业计划和营运策划书给我看，征求我的意见，让我了解他目前的财务状况。他能开出的工资是我原收入的一半多一点，却是公司最高的一档。他不止一次对我说："我知道这收入让您委屈，但我们共同努力，一定能一天天好起来的！"他说这话时，我能感觉到他的真诚。

而真正让我下定决心辞职去他那里上班的，是在他办公室聊天时，他请助理帮我们续咖啡，始终没有忘记说"请"和"谢谢"！

你肯定会说我凭着这些虚头巴脑的东西而放弃实实在在的收益是很幼稚的行为，但我并不这么看。你看这几个月来，我的脸色是不是好多了？其实我现在为工作付出的努力，并不比在报社时少；但对于我所做的工作，领导总是以欣赏的态度对待，即便有觉得不妥的地方，也都是以商量和探讨的方式来解决的。大家上班时认认真真地做事，下班开开心心地 K 歌，玩开心网或斗网游，生活一下子变得轻松而有趣。我失眠和焦虑的老毛病居然无药而愈，你说，比之于那几千元的索命钱，究竟哪个更值？

他说话的表情，让我想起不久前看过的电影《布拉格练习曲》的主人公，一位老教师，他衡量要不要在一个地方工作的标准就是是否感到快乐，当他不再感觉快乐时，他就会毫不犹豫地选择离开。

用快乐与否来决定工作去留，对于大多数打工者来说是奢侈而不现实的。因而，焦虑与抑郁成为社会一大心理隐患也就不足为奇了。行文至此，突然想起一则报道：瑞典卡罗琳医学院与斯德哥尔摩大学共同发起，并结合英国与芬兰多位专家的一项研究表明，上司的领导水平和性格，与员工的健康状况有直接关系。在"坏"上司手下工作，容易患心脏病等疾病，而且这种影响是累积性的，即工作时间越久，患病概率越高。而全球五大职业咨询公司在对数百万白领的跳槽原因的调查中，发现"与上司之间的关系"赫然排在首位，而薪酬原因则排在第三。

至此，对朋友放弃月薪一万而选择六千的工作，我再没有半点疑惑了。

CHAPTER 2

坏天气 也是好风景

不知不觉成为别人最恨的人

在一次同学会上，一个在记忆中与我没什么交集的男同学对我说："你知道吗？在读书时，你是我最恨的人，这种恨，一直保持到毕业之后的很长时间，直到多年后的今天，再看到你，感觉已不是三十年前的那个样子，我才决定把这些话告诉你，也算是把积在我心中三十年的'雾霾'释放一下。"

看着他镜片背后那双闪着诚意的眼睛，我相信他这些话绝不是为了让我多喝杯酒而临时想出的客套词。但问题是，在我的记忆里，与他相关的片段实在太少。他既不是女生，成绩又不是特别好或差，更没干过上课烤香肠之类惊天动地的事。唯一有点印象的，就是不太爱干净，衣服特别脏特别破。除了偶尔迟到时我们会并肩站在教室门外当难友之外，我们几乎就没干过任何一件相同的事。他对我的咬牙切齿之恨，从何而来？

他说："你知道我对你的恨，来自哪里吗？"

我茫然地摇头。

他说："还记得我那双网球鞋吗?"

…………

"就是用粉笔涂成白色的蓝网。"

他这么说，我倒是有那么一点印象，有人确实这么干过，但具体是谁，早已忘了。

"我妈妈死得早，父亲带着我们三兄弟生活，异常艰难。我的衣服都是捡哥哥们的，旧点或不合身都无所谓，但鞋都是既便宜又耐脏的蓝网，这显然不合当时搞活动白衬衣、蓝裤子、白色网球鞋的标配需要。当时活动不知道为什么那么多，每一次活动前一晚，准备白网鞋就成了我的噩梦。为此，我四处借，甚至还动过偷的念头。而最常用的方式就是把蓝网用粉笔涂白，虽然看起来污暗暗的，但与我身上那从哥哥们手中继承下来的三手衣裤，倒也还算协调，只要走路不要太用力，混到活动结束不成问题。

"但我这点唯恐被人发现的小秘密，却被你发现了，就如同害怕被碰到的伤口总是会被碰到。你发现了我的'冒牌'白网鞋，而且大声地喊了出来。所有的目光都集中到那双我希望永远不被人看到的鞋上。同学们交头接耳，发出的笑声，比妖魔鬼怪的哭叫还难听……

"那天晚上，我哭了大半夜。十几年的苦难和伤痛，都集中到那双鞋上，那就是我生命中一个巨大的伤疤，我刻意隐蔽和躲藏，却被你发现了，而且残忍地将它扒开。那天，你成为我痛苦的总源头，我觉得自己所有经历过的悲伤的总债主，包括我多年前死去的妈妈，以及所有不如意的事，都与你有关……"

他讲这段话时，眼含泪光。可以想见，三十多年前那个夜晚，他是怎样痛苦和伤心。而那个夜晚对我而言，却没有任何感觉，我如平日一样，做作业，看电视，睡得很香。殊不知，我一句不经意的话，让另一个人痛不欲生，甚至磨刀霍霍，准备报复……

听到这个遥远的险过剃头的往事，我仿佛听到尖刀闪着寒光从我后脑上袭来的声音。我不确定这件事的真实性，但我相信，依我当年唯恐别人不知道自己聪明的愚蠢性格，看到什么奇异事情，一定会吼出来的。我看到的，是粉笔蓝网的奇特，却没看到它背后的无奈和悲伤。我在不经意间，增加了别人的痛苦，但对此，却一无所知。

这可能是我在不知不觉中干下的众多愚蠢事中的一件。感谢这位同学，把积藏在心中的这份怨念释放了出来，能这么做，表明岁月已使他变得强大。感谢生活，将我变成了他觉得可以把一切都告诉我的模样。

过不去的坎儿

在人生中，我们总会遇到一些在当时看来像世界末日的坎儿，仿佛那是一座险峭无比、插翅难越的高山，自己根本没有能力翻过去。

这些坎儿包括：1岁时被人夺了奶嘴；3岁时妈妈出门时不告而别；8岁时偷偷下河游泳被父亲发现；13岁遇到一个天天在上学路上收保护费的无赖；16岁中考失利被分到一所不好的学校；18岁被初恋的经历搞成一个笑话；20岁到一个令人绝望的工作岗位，而且还有一个可恶的领导；30岁单位不景气下岗分流，以及离婚、失亲、投资亏损……在不同的人生阶段，总有一些突如其来的变故和打击，横立在我们前方，让我们感觉人生好像已走到尽头，完全看不到迈过去的可能性。

这样的场景，有点像印度人围猎老虎的场面。

当发现老虎活动的区域时，猎人们就用布在树与树之间缠绕成一道围墙。那些用布围成的脆弱围墙，唯一能够遮挡的就是前方的景观，让老虎误以为那是一堵厚实的墙，而放弃试一试的可能。殊不知，那道所谓的墙，根本经不起它轻轻一挠，遑论鱼死网破的突击冲撞。它就那样，在近乎滑稽的布墙内为越来越小的包围圈所困，"束爪就擒"或坐以待毙，让人觉得不可思议。

杀死老虎的，不是利害的枪弹，而是老虎的眼睛。它看见了墙的表象，却看不见墙的本质。过分夸大和强调了前者而忽视了后者，最终使自己陷入万劫不复的境地。

犯这种错误的，绝不仅仅是老虎。

试着回顾一下当年我们经历过的种种挫折：被人夺走的奶嘴，可能变成装着米糊或肉汤的勺子；妈妈的不告而别，会变成她下班时带着糖果的回归；收保护费的无赖在老师和警察面前温顺谦恭；初恋失败在多年后找到自己的"真命"时变成了一种庆幸；绝望的工作岗位、讨厌的领导及下岗，随着自己重新选择工作或创业而变成过往。包括离婚、失亲、投资亏损之类伤口，都会被时间这位医生抚平，伤好之后，另一片天空和另一些机会就出现在我们面前。

生命就是一个不断受伤、不断复原的过程。每一次的挫折，都像一座看似高大的山峰，当你历尽艰难，在看似不可能的挣扎与奋进中，不断攀爬并最终超越它，到达更高的山峰时，你会发现，此前让你痛不欲生的那些纠结和麻烦，只不过是一个又一个的小土包而已。所有的挫折，都是有时效性的，当你弱小如一只蚂蚁时，任何一个小石头或树枝对你来说都是一道迈不过的坎儿；而当你强大如大象或潇洒如一阵风时，你前方遇到的所有阻拦，都会变得脆弱、渺小，甚至可笑了。你会因你翻过山的高度而感到喜悦、庆幸甚至自豪——你的人生意义和价值，也由此而定。

别和熟人玩"狼人杀"

被年轻同事拉着玩了几局"狼人杀"游戏，虽大多数时间都担当"打酱油"的闭眼玩家角色，但却被这个游戏吸引，有点为之入迷的感觉。

故事发生在一个蛮荒时代的村庄，这里人神共居，自给自足，过着平静而安详的日子。某一天，有几个狼人混入了村子，他们的外形与普通人无异，但噬血的本性，让他们每晚必出来杀一个人，村子因此被笼罩在一片恐怖的阴影中。

村里住着一些神职人员，女巫手中有一瓶毒药、一瓶解药，她可以决定杀死或救活一个人；守卫可以保护他觉得应该保护的人；猎人在死时可以带走自己觉得可疑的人；丘比特可以串缀两个不相干的人结成同盟；白痴则拥有在"死"后说话的权利，这可以为村民们消灭狼人提供大量的信息。

村民们虽然大多数时间在提心吊胆地等着被宰杀，但他们手中却有决定人生死的投票权，他们可以给自己怀疑的对象投票，票高者死。但由于信息闭塞，加之狼人们会用各种信息干扰和误导，这些票在杀狼人的同时，也会误杀到好人。村民也因此可能成为愚民或暴民。

还有一个至关重要的角色——预言家。预言家具有查验身份的特权，每晚可以查验一个人的身份。当查出某人是狼人时，预言家可以在例行发言中，将他揭发出来。这份强大的力量使他注定成为狼人集中攻击的对象，他也因此陷入两难——不亮出身份，人们不信；亮出身份，则活不过第二夜。预言家因为身份特别，往往会被他人冒充。狼人冒充他，是为了误导众人滥杀无辜；而村民冒充他，是为了掩护他，让他多活一点时间。

这个游戏并不复杂，一般跟着走一遍，几乎就熟悉了所有的规则和流程。

但这个游戏又很复杂，因为十几个玩家性格、行为甚至思维和话语方式都完全不一样。游戏的过程与结果也因此完全不同，每一局游戏结束后复盘下来，都可以是一出精彩的戏剧，而每个人个性化的表现，可以在一段时间内，成为一个只有玩家圈子里各自心领神会的梗。

"狼人杀"游戏的最终胜负，以狼人、神职、和村民中的一族被杀完而定。村民与神职属于正方，只要有一族被灭，便宣告失败；而狼人则单独一方，最后一头被杀，则宣告失败。

我参加过的"狼人杀"游戏，十之八九以狼人胜告终。照说正方人数是反方一倍以上，而且还有各种神奇特技，为何却屡屡出现"邪恶战胜正义"的可怕场面呢？原因很简单，游戏规则中，狼人们从第一夜开始，便知道同伙的身份，可以商量和协调行动。

这种信息不对称的局面，实际上是一种高维打低维的格局。狼人在身份信息明确且步调一致的情况下，可以杀人，可以伪装神职，甚至可以自杀混淆信息或骗女巫的解药；而"正义"的一方，往往因为信息闭塞而遇到判别障碍，甚至会搞出自相残杀的惨局。我亲历过的最悲催的一局"狼人杀"是：在同一天夜里，三个神职人员死掉——狼人杀掉守卫，女巫毒死猎人，猎人带走白痴。一石三鸟，狼人不赢才怪！在著名的网络综艺节目《饭局狼人杀中》，甚至还上演过一条独狼干掉五个对手的场景……

由此可知，"狼人杀"的第一铁律便是会沟通，用自己人能懂的方式，传递重要信息。每个人都有发言表达的机会，通过自己和别人的发言，找到朋友或敌人，这是赢得游戏至关重要的条件。

当然，并不是所有的人都能珍惜并把握这个机会的。有人口若悬河，只为炫口技而忘记了揭露敌人保护同伴；有人一知半解却道听途说胡传胡信；有人为了让别人信自己不惜诅咒发誓；有人却因缺少担当和表达方式不当而失职。在我亲历的峨眉山七里坪温泉的一局"狼人杀"中，一名胆小的预言家，因为怕死，一连验出三个狼人都没敢揭露，导致狼人胜利，而自己则成为一个笑话。

"狼人杀"中的言语，只是判定身份的一个次要信息。但谎言往往会以真诚的表情为掩护。人与人之间最远的距离不是天涯海角，而是四目相对，我努力地对你说，而你不知道我在说什么。

据此，又引出了一个判别敌我的最重要方法，那便是看看他"怎么做"。当一个人信誓旦旦说是你朋友，而投票时毫不犹豫地把票给了你，那么，别含糊，他一定是与你身份相反的人。

在这个游戏中，杀人目的太急迫的，容易被当成狼人；谎言和真话杂陈中，"信"未必是一种美德；性格决定游戏走向，现实生活中为人处世的方式，在不知不觉中会被游戏带出来。因此，太过于熟悉的人尽量少玩这个游戏。

用文字描绘游戏，跟用评书讲一部电影一样，是费心力而不讨好的事情。要体会它的魅力，最好还是约上一群朋友，找一间清静的茶室或酒吧，忘掉那些令人伤神且费钱的麻将，丢掉那些悬挂在心上却与生命并没有太多关系的挂碍，和小伙伴们来一场单纯的智力较量，请注意：

天黑，请闭眼……

坏天气也是好风景

　　我旅行的经历中,最奇特的一次,发生在西昌。那一次,我到那里去参加笔会,坐火车到达西昌是凌晨五点多。在主办方接我们的大巴上,我和邻座一个女孩子聊了会儿天。因为天黑,这位 90 后的小孩居然把我当成了她的同龄人。可能是因为家里有个青春期的女儿,我对她们的话语方式及生活中的术语,多少有些了解,无论是说二次元还是 B 站,无论是夏达的《子不语》还是宫崎骏电影中的夏天,我基本没有陌生感。这使得这个以为在未来几天里会被老头老太太"闷死"的小摄影师有了他乡遇故知之感。即便是云开日出真相大白,拍头恍然讪笑之后,她依然视我为同类,每天像只小猴子一样跟在我身后。我也因此沾光,频繁地出现在新闻图片上。

　　笔会于第三天中午结束,主办方为我们预订的车是晚上开的,因此,我们还有大半天时间无事消磨。摄影师小妹妹提议,到邛海旁的那座山上去看看,据说那里可以看到大半个西昌城,水天相接的风光应该不错。

　　同行的老同志们一听要爬山,大多本能地拒绝了。另有少部分以前去过，或有别的事，也说不去。摄影师小妹妹失望地看着我，眼神中分明有玩"真心话 大冒险"游戏时的挑衅意味："你敢不敢去爬山？体力受得了不？"

虽然爬山不是我的强项，但服输更不是。于是，顶着她挑衅的眼光，我说："去！"

我们打车来到位于西昌城东南五公里处的泸山风景区时，天色渐渐阴沉下来。看着如锅盖般缓缓盖过来的乌云，我有些踟蹰。一想到乌云之后的暴风骤雨，想着被雨水泡得稀软的山间泥道，想着横空扫过的雷电和四散乱飞的杂枝碎叶，想着冰凉的雨水从头到脚把裤腰和肚脐眼都浇得滑腻冰凉，我忍不住面露难色，不想往前了。

"你，不敢去了？"

"这天气，马上要变脸了！"

"坏天气也是好风景啊！"

在售票亭，我们进行了简短的讨论。不得不承认，她的这句话，像一把势大力沉的榔头，将我刚刚冒出的后退的想法砸了个粉碎。

之后半天的经历，证明了她随口说出的这句话的正确与深刻。

我们坐着观光缆车一路上行。观光缆车下行的那边坐满了人，而上行一侧只有我们一老一少两个，像堂吉诃德和桑丘准备去杀风车一样。

下了缆车，一路往山上奔去，泸山的最高点海拔两千三百一十七米，与邛海水平面落差八百多米，这高度并不难跨越，特别是其中最难的地方已被缆车替代了，我们到达能够鸟瞰邛海和西昌城的高度,并没费太大的力气。一路上看到奔逃的人们和猴子,他们要在大雨来临之前找一个避雨的去处。换到往日,我也一样。

我们最终到达了高处的一个亭子里。这时,远处的乌云已如同一床巨大的乌黑棉被,将西昌城罩在一层茫茫的烟雾之中,那是大雨扑向城市的预兆。而浓黑的乌云之中,时不时有一道闪电,如孩子们在被窝里玩手电筒一样,偶尔尖峭地一露峥嵘。

在乌云尚未滚过的另一边,邛海的水色变得更深,把远处亮的天空映照得更为刺眼。越逼越近的黑,越来越深的蓝,还有远处刺眼的白色,以及白色之中急于抽身逃脱的黄色,相互渗透,相互洇染。风激起的一排排白色的水浪,浪尖上穿梭飞行的海鸥与水鸟,组成了一幅令人震撼的史诗巨画,将我眼前的天地山水囊括进去。

站在这以天地为幕的巨画前,我被一种从没体会过的气势震撼,耳边是风声和雨声,周围的草和树甚至我身上的衣服,都有一种随风而去的欲望。雨打在凉亭上,溅起的水星冰凉地与风共舞,扬成一片片飘逸的雾花,像柳絮更像细雪。整个世界被包裹在一片浩大的风雨声中,从半山往下望去,能看到风挟裹着雨,在城市、在树林、在水面一路蹦跳而过的痕迹。

这是我以往从来没有体验到的。那时的我,总是抢在坏天气来临之前,躲进了自以为最安全最舒适的去处。那样,不仅躲过了不安全不舒适的坏天气,同时也躲过了壮美绚烂的瑰奇风景,以至于我的旅行记忆和照片,总是在风和日丽、阳光灿烂的风景里做剪刀手。而此时,站在风雨交加的亭上,身后是疾风暴雨电闪雷鸣,我得到了人生中最生动最满意的照片。我想，这并不仅仅是因为有一位摄影师与我同行。以往出行，我身边更资深更专业的摄影家也不少。而这次不同的是，我身后站着坏天气。

事后我把这个故事给很多人讲过，大家或多或少地认同我的观点。一位在高原当过运输兵的朋友给我分享了他在骆驼堆中迎接暴风雪的场景；一位在石油平台上工作的小兄弟给我讲了被大风困在平台上五天，看到这辈子最大一次海浪的场景；还有一个长辈给我讲了他在风雨中过三峡的情景。之前他一直觉得是运气差错过了晴天，事后回忆，雨中的三峡，其实更壮丽威武。

不独是旅行，人生其实何尝不是如此。我们的一生，其实就是一场旅行，春花、夏月、秋叶、冬雪，风景一样不能少。我们如果只将某一个时段的风景视为风景，那么势必会对另外的风景抱以拒斥的态度，这会使我们原本应该更丰富的生活变得片面单调。天气和风景无所谓好坏，而我们对待它的心境和状态却有。后者往往会决定前者，影响让我们硬要为它分出个好坏来。

"坏天气也是好风景"，这是一个 90 后小妹妹教我的。此后她虽然不确定自己说过这句颇有哲理的话，但脸上的表情，依旧如初见那天将我当成同龄人那样，充满了呆萌气。

换个角度看孩子

我有一个好友，是个焦虑妈妈，每次见面都会聊起对儿子教育的挫败与无力。无论是对饮食起居和习惯，还是社交礼仪和与人沟通方式，抑或是学习方法与思维模式，无一不充满了担心与焦急，恨不能自己钻入他的体内，将他的各种行为模式调整到自己想要的方向上来。

这让我想起一个笑话，讲的是一个人跑到卖洗衣机的商店大声批评那里的商品制冷效果不好，噪音还大，而且外观也不够高大——听出毛病没？他是把卖洗衣机的店误认成卖电冰箱的店，而且用电冰箱的标准要求洗衣机。就像童话故事中焦虑的鹰妈妈用鸡和鸭的特长衡量自己的孩子一样——它居然不会打鸣？它居然不会游泳？它居然还不会抓小虫？

在我心目中，朋友的小孩可是一个很棒的存在。小家伙从小就乐观开朗，是那种可以把悲伤蘸上巧克力"吃"掉的阳光男孩。高中一年级就长到了一米七五，喜欢篮球和运动，经常和小伙伴们不睡午觉偷偷跑去打一会儿球。即便再累，他也不会让自己变得凌乱肮脏。

除了"武"之外，他还喜欢文，写的文章和画的漫画都让人有眼前一亮的感觉。他从初二开始办的班刊，居然是全彩激光照排铜版纸印刷的精美杂志，淡雅的二次元加中国风，让人恨不能钻进那些充满意趣的画页里。这种杂志，以我多年的编辑工作经验，目测成本应该不低，而且工作量不小。但意外的是，小家伙不仅拉到了赞助，还收到外班外校甚至外地不少人的网络求购请求，第一期就盈余两千元，而且，写作和组稿编辑工作，因分工组织得好，还没费太大的精力。

这些都是孩子妈当成罪证讲给我听的，她还说孩子还对她吼过一句惊天动地的话："你想把我变成和你一样永远待在一个地方天天朝九晚五上班，喜怒哀乐跟上司的每个眼神挂钩的人？不可能！"

这句话确实让朋友沉默良久也痛苦良久，但又找不出一个有力的字眼反驳他。但这并不妨碍她为自己的孩子在与别人竞争的路上不能有相同的姿态而深深焦虑着。而我，却总有些不以为然，认为她把目光死盯在孩子的短板上是不对的。所谓木桶效应在孩子成长这件事上是不成立的。孩子一生的成就取决于长板而非短板。死死盯住孩子所谓的缺点，天天敦促他干并不擅长的事情，每天所见所想皆是失败与挫折，那是很伤心伤感情的。

行文至此，我想起另外两个让父母头疼的"熊孩子"，其一是读书读不进，整个学生阶段完全是父仇子怨的场景，没有如父母心愿考上大学，也没有如他们担心那样饿肚子。在高中毕业四年之后，他终于如愿成为一名汽车改装师，因为想象力丰富且有美感和过硬的技术，在考上大学的同学们还在四处投简历时，他挣的钱让父母惊诧地以为他在做什么不正当职业。而另一位曾被当成"倒霉熊"，永远以睡不醒的姿态面对世界的大男孩，高考考了一个让父母不好意思办谢师宴的成绩，但他父母不知道的是，这小子在高中时代就已是某知名游戏的区域管理员，每月的分红比父母的年收入之和还多……

当然，我并不是主张鼓励孩子们不读书去干别的事，我只是想提醒父母们，用更全面更宽广的视角去看自己的孩子。也许让你们所焦虑着的那个小家伙并不是真实的他们。

在这个认知不断迭代，不好好学习可能连电饭煲都打不开的时代，当爸爸妈妈尤其需要学习。

老友终将如逝樱四散

在女儿带回的漫画书的一角，我看到一句诗："汝等终将四处飘散，宛如逝樱。"这句诗让我如触电一般，有一种久违的战栗感。瞬间，眼前出现一棵鲜艳的樱花树，上面的每一朵花每一片叶，都成了一个友人，一段往事。风乍起时，满眼缤纷。

花影中我看见六岁时的洪贵与我，用一条橡皮绳套着彼此，他当马，我当驾车人，穿行在大人们的裤腰之间，一直跑着，一直跑着，总以为烦恼和忧愁永远都追不上我们。那时我们根本不知道，世间还有时间这等恐怖的怪兽，像不知道森林中有豺狼的小兔子一般，无忧无虑地跑着，跑着……

我看见十三岁时的阿勇"押"着我从街市上走过，他是我的班长，也是我初中时代最好的朋友。为了让我不与另一帮后来在"严打"中被判刑的"朋友"厮混，他就那样每天坚持和我一起上学放学，并且试图像教一个小孩儿学会唱歌那样，为我补习我恨之入骨的英文……

我看见十八岁时的胖子、老崔、小蔚和我们瞒着父母在外面租的"神秘花园"，那间不足二十平方米的房子里，装着我们不敢被父母和老师看到的牛仔裤、打口带和盗版书。在那个小小的自由世界里用枸橼扎圣诞树或换上蓝灯泡讲鬼故事的记忆,像一颗永远不会褪色的宝石,深埋在每个人的心里……

我看见二十三岁时的阿剑和祖泓,每到周末就背着各自在暗得看不到底的黑夜中幻想出的关于星光与幸福的诗文,来到小茶馆里彼此指正,彼此打气,彼此加油,相互医治伤口并描绘着未来道路上可能会遇到的美景……

还有总从家里拿钱出来招待我看电影吃东西,而妈妈们严禁我们与对方交往的米二娃;与我一起在重庆小面馆里偷油碟搞怪的小华;与我一起在冬夜寒风中对站三个小时聊古诗的俊儿;在书店偶遇,因共同喜欢张晓风散文而成莫逆之交的小李子;以及隔着网络为我唱评弹的凌凌;还有和我一样在大山深处上班,每周都要背着馒头烧酒和诗稿来看我的大军……

这些人,这些事,在我生命中的不同时间段,成为主题词,给我平静得无聊的人生旅途添上一个个鲜活的标点,使那些久远的事在历经了岁月的淘洗之后,仍保留着细节的温度。

只可惜,人生原是一场无人相伴到底的旅行。所有因缘分而路过我们生命的人,宛如在车厢中邂逅的过客,或偶尔落入溪中的树叶,一起出发,同走或远或近的一段路,共同经历过一些事情,演绎出一段故事,共同成为别人眼中的风景。在彼此的生命中,作为参与者,留下深深的印记,甚至改变彼此的生命轨迹。

洪贵是在小学二年级离开的,不读令他头疼的书而跟父亲当厨师去了。他走的时候隐隐有点得意，那是我们最后一次见面。如今也该和我一样，成为一个年近半百的胖子，即使在闹市中相遇，也只会擦肩而过。

阿勇如今是公务员，管着几十号人，总是在奔忙，让人觉得在微信上和他打招呼也是给他添乱。虽然相距七十公里，但我们见面的时间以年为单位，再同路散步的概率为零。这样的状况，与另几个老友的情形相似。人到中年，友谊这种轻奢品，权重自然摆在生活必需品之外。但至少，偶尔从朋友圈透露出的信息中，我知道，大家都还好。

而另外有些朋友，就不再有这种被烦琐生活骚扰的幸运。殒于抑郁症的小蔚，死于地震的大军，倒在地铁站台上的伊文，和癌症周旋了四年最终不再更新微信的凌凌……他们没有告别就匆匆地消失了，将我们曾经共同经历的一些人生故事，定格成令人泪眼模糊的画面……

然而，我们的生命旅程，依如地铁站一般拥挤嘈杂，不会因为某一站有人下车而有稍许清静。但"成熟"已如玻璃罩一般，将我们与周遭的人隔开。我们对周围的世界，越来越彬彬有礼，却又保持着距离。我们的生活环境越来越热闹，而我们的心却越来越冷硬。我们的世界，有同事、合作者、邻居、快递小哥、游戏搭档和牌友，唯独没有一起笑一起闹一起干蠢事，不说话都知道对方在想什么的友人，和一段一听到就会落泪的音乐，一段无论走多远，在夜静更深时一想起就能会心一笑或黯然神伤的共同记忆。

岁月无情，给世间的一切美好都打上时效烙印。所有美好都宛若逝樱，即便美得令人心醉，但终将四散飘零。正是因为这个如此，有人会过得更庄重，珍惜眼前所有的美好细节，细细咂摸并享受其中的滋味；而有人则会因为一切终将消散，选择大而化之，放纵不羁。

你，会做什么样的选择？

乐观的眼光有多重要?

春节期间回老家,听到很多故人的新事,其中尤以两个 20 世纪 80 年代初出生的朋友的人生进程,令我感触良多。

两人年纪相当,在同一场考试中被一家市级媒体录用,我当时在那家媒体当小头目,考卷是我出的也是我评的,甚至连监考都是我一专多能兼下来的。我是从五十多个报名者中把她们选出来的。两人刚从学校毕业,都喜欢谢霆锋、任贤齐,一说起来就一脸花痴相,都是如假包换的 80 后少女。那时,正是千禧年到来之际,社会上不断有质疑 80 后的声音,就像现在刚刚踏入社会的 90 后所面对的那样。很多人将他们看不习惯的东西当成不好的。

两位小姑娘,姑且称她们为 A 和 B。两人身上有很多 80 后的共同特征,爱好相近,专业相近,家世背景相近,连刚踏入社会时的青涩笨拙与动辄就会把事情看得粉花乱飞的少女心都相似。

当然,两个人也有不同点。比如身材,小 A 胖,小 B 瘦。而比身材更明显的差异,则是两人在对问题的着眼点上,小 A 更积极乐观,小 B 则消极和悲观一些。比如,拿到半瓶水,小 B 会感叹只剩半瓶了，而小 A 则会高兴地说"还有半瓶！"这样的状态，几乎贯穿于我们共事时所面临的所有可能引起争议的问题中。比如某个有难度的报道题材，比如某一个几乎令人绝望的创收方案。小 A 总是乐观地从不可能中去寻找可能，而小 B 则相反。面对困难，小 A 永远在寻找方法，永远在说"我们可不可以这样？"而小 B 则永远在抱怨是某人给我们使绊子。两人看问题的态度与思考问题的方法不同，常常取得截然不同的结果。因此我作为她们的上级，就爱把重活累活派给小 A，遇到问题也总爱找小 A 商量。这让小 B 很失落，认为不重视她。我也没办法，因为如果把重活累活派给她，她毫无疑问地会认为是偏心而心存怨意。想听她的意见也不大可能，因为和她商量问题，除了让原本就困难的问题抹上更深的绝望色彩，便再无别的收获。除非你想让这件事办不成，并为之找一个可以宽慰自己的理由。

总之，两个人，一个乐观、一个悲观。遇到问题，一个人在找解决办法，另一个在找逃避的理由。

之后，我就离开了。在间隔的十七八年里，偶尔会听到两个小家伙的传闻，这些新闻让我断断续续地拼接出了两人的状况——小 A 在媒体待了两年之后，深感传统媒体前景不妙，于是抓紧自学参加公考，并最终被录用，在媒体同伴们不可理喻的眼神目送下去乡下当了乡村干部。

而小 B 则认定传媒，在那里坚守了十多年。这期间，两人都安了家。小 A 很快当了妈妈，并乐享琐碎平常的家庭生活。小 B 则以"生活在别处"的心态，永远与自己拥有的东西为敌，经历了两场不亚于热门电视剧般热闹的婚姻。

最新的信息是春节期间得到的。小 A 目前已是一个有数万人口的老城区的街道办主任，虽然累得消瘦了，但精神状态不错。事业家庭都顺利而平和地向前发展着。作为一个 80 后女性干部，她的事业，在可预见的范围内还有进步空间。

小 B 则在春节前辞了职，原因是之前单位在不景气的状态下开始分流人员，而恰在这时，一家市级机关急需有媒体经验和写作能力的人，并到她们单位来借，领导考虑到那家单位涉及业务广，有大量资源可以利用，而且可以建立比较好的人脉关系，于是就将人到中年在职场已少有竞争优势的小 B 推荐过去。而这个时候，小 B 一向不乐观看问题眼光开始"发挥"作用，她认为这次借调，是一个坑。怀着这种心情到新单位上班，工作态度和心态可想而知。最终，机关以不遵守劳动纪律为名，将其退回原单位。原单位领导在上级机关面前失了面子，更是要批评和教育她了。而这恰好印证了此前她将此事看成一个阴谋的所有想象。于是怒而辞职，并且把所有此前相处很好的同伴一一拉黑。连我这个远在另一个城市且被她一直尊为老师的都没放过。

这就是两个小伙伴的人生路径。虽然现在说谁好谁不好，还为时过早，但谁更幸福快乐，大家自有判断。好在人生只过了上半场，一切都还不算晚。但可以肯定地说：乐观者会珍惜剩下的一半，而悲观者会哀叹逝去的一半。一切，都取决于看待问题的眼光。

但愿我猜得不对。

每一棵小草都是传奇

　　年轻时，我说话比较尖酸刻薄，总以为用一句妙语挖苦别人让其脸红语塞是一种本事。殊不知，这是一种令人讨厌的习惯，我那时人缘不好，大多与此有关。更大的悲剧是，我对此却惘然不知。

　　比如有一年暑假，发小小峰带着刚刚确立关系的女朋友来和我们聚会。那女孩子头发黄黄的，皮肤黝黑，不怎么会打扮，衣服不十分合身，花色也不好看，一句话归纳，有点"土"。

　　小伙伴们用眼神传递着内容丰富的评论。因为小峰是个帅气的小伙，而且喜爱艺术，大家在心目中为他预设的女朋友形象，与他带回来的，差异太大了。

　　大家的评论停留在眼神和悄悄话层面。每当这个时候，我这个自以为聪明的人，就会跳出来混存在感。

　　我对小峰说："你小子学艺术，果然洗心革面，从灵魂深处开始热爱乡土文化了，一不留神，就把村里的小芳给偷回来了！"

　　小峰面色尴尬地示意我小声点，并回头看女朋友。但女朋友已安静而迅速地离开，说是去厨房帮忙，但直到吃饭都没有出来。而且,自那以后,再也没来过。小峰偶尔会来,但频次和说的话明显少了。对此,有人开玩笑说他是重色轻友。而我又自作聪明地跟进了一句:"你把那称为色?"

这句话不知被谁带到了小峰耳里。小峰特地到我家,脸色铁青地约我出门,那场景是从来没有过的,令我心惊到出门时再三考虑要不要别上家里那把德国剔骨刀来壮胆。

我们逛到童年时一起游过泳的河边,这里如今已变成臭水塘,往来的人很少。沉默了很久,小峰说:"你想不想知道我为什么和她谈恋爱?"

我没敢答。

他权当默认我想知道,于是给我讲了女朋友的身世。

她出生在云南,家里四兄妹,她排行老二,上面有一个哥哥,下面有一弟一妹。父母很看重儿子,总觉得闺女养得再好也是别人家的,再加之贫穷与生计的焦灼,给他们造就了一副一点就炸的臭脾气。而这脾气的最大受害者就是二女儿,尽管她学习成绩很好,而且包揽了大多数的家务,但因为她不是儿子,而且做事过于细致导致会慢一些,所以她挨打更多。

高一那一年,高考失利的哥哥要复读,为了省钱,停了她的学。父亲说:"女娃儿读高中,在村里你是特例,好歹也算赚了一年,还是早点去打工吧!给家里也分担点负担!"

她哭着进城,到一家饭馆洗碗。饭馆老板的儿子读初中,经常被作业逼得咬笔头翻白眼,老板夫妻只有这么个独苗,但因为自己读书太少，只能跟着抓耳挠腮扯头发，没有办法。这时，渴望读书且成绩不错的女友就帮上了忙。在不到一年的时间里，她耐心地帮助那位小弟弟，让他从厌学变得好学，并有众人惊奇的目光中考入了高中。

之后三年，在饭馆老板的资助下，她陪小弟弟读完高中。后来又陪小弟弟参加高考，她居然考上了重点大学。这个消息，对别人来说是好消息，对她而言，却是坏消息。还有什么比给一个绝望者一星半点无法实现的希望更残忍的事吗？像给干在岸上的鱼一口唾沫。

饭馆老板替她找了一些媒体，那一年政府针对贫困大学生的帮扶力度加大，她正好是典型，靠着社会救助和贷款及毫无争议的奖学金，就一路挣扎着走了过来。

"这样的女孩子，像山中没人看到却独自努力开放着的花，难道不值得被人关心被人爱吗？你看到的，是她的衣物和外在，而我看到的，是她不屈服于命运的顽强和事事都替别人考虑的善良。我相信与她在一起，我能得到幸福。我希望你不要在不了解别人的情况下妄下断语，每一棵小草，都有不为人知的传奇，在你不知道它所经历的一切时，不要凭表面去评价别人，更不要用一知半解的表象，去嘲笑和否定别人的选择！"

小峰的语气并不重，但却让我有些喘不过气来，那是我生平第一次有了以自己口舌为耻的感觉。

事后多年，小峰和他的女朋友，用事实继续教育我。他们结婚

后，女孩开店做生意，用一己之力支持小峰绘画的理想，小峰在长达
二十年几乎无收益的坚持中，终于成为一个被画廊和藏家认可的画
家。两人生了一儿一女，相敬如宾得令许多当初质疑过他们的人脸
红，而其中最感羞愧的就是我。

那个对我有再造之恩的人走了

在广西支教行程结束返程的飞机起飞前，我接到高中时代的班主任李洪高老师去世的消息。他是突发疾病走的，群里的同学们都觉得突然。但也许病痛和失去师母的孤单，已折磨了他很久，只是我们不知道而已。

和李老师认识，是三十三年前的事情。那一年，我被一场渣到底的中考送到了由乡村中学转为职高的什邡职一中。那时，我唯一能看到的未来是好好学手艺，去当一个修收音机的师傅。如果运气好的话，可以到电子装配厂的流水线上去谋一个工位。人生，对于我来说，既遥远，又渺茫。我几乎是带着混三年的心理，踏进那所坐落在郊外的学校的，像古代被流放宁古塔的罪人。

那一天，我遇上了李老师。

作为一个学渣，初中三年，我与我的老师们是相看两厌的。我们毫不吝惜地把差评给了彼此。带着这种情绪，我对新学校，打内心是充满敌意和排斥的，完全是带着一种"你瞅啥"的找茬情绪在看待周围的人和物，像一个刚到陌生环境中的小猫，以挑衅来掩盖恐惧和迷惘。

这一切,被已有几十年教龄的李老师看在眼里。他在第一时间,将我这个潜在的刺头拎了出来,让我当"学习委员"。老天,这可是我之前八年在学校里开天辟地头一回。之前,我连小组长都没有当到过一次,虽然嘴里不在乎,甚至像阿 Q 一般,将"不能"转化为"不想"甚至鄙视,但在内心深处,我是渴望被老师认可的,哪怕是小小一个"学习委员"。瞬间我就有了难得的荣誉感。毕竟,那时的我只是一个十四岁左右的孩子,人生才刚刚开始。

多年后,在我的婚礼上,我给李老师敬酒时,对他说:"如果没有当年您的信任,就没有我的今天。"那是大实话,因为当时的我,宛如骑着瞎马游走在悬崖上的盲人,心中充满无限的绝望和愤懑。李老师给我的这份信任,既是荣誉,也是责任。每当我懈怠或"懒病"重发,不太想学习的时候,心里就会有另一个声音冒出来:"有你这样不爱学习的学习委员吗?""你这样对得起李老师对你的信任吗?"往往,这种声音特别有效。这虽然没保证让我学好专业课,成为一个修收音机达人,但至少让我自觉地断了和当初一起逃学抽烟打架的小兄弟们的联系。而这一切,皆可归功于李老师的信任和鼓励。

由于有了这份信任与鼓励,一向以字写得丑而闻名的我,居然办起了黑板报,自己写稿,自己排版、画图、抄写,竟然发现自己有超乎想象的潜力。之后多年,由刻蜡纸到铅印进而办真正的报纸,成为所谓的资深媒体人,都是由此开始的。而我这辈子招引的第一场文祸,也即是在黑板报上质疑学校 3 月 5 日学雷锋做好人好事只注重形式的批评报道。校领导不满，下令要删掉时，李老师站出来据理力争，并顶了回去。

当时的我不改顽劣脾性，上课写武侠小说，把全班同学都套了进去，被科任老师收缴，交到李老师手里。李老师把我叫到办公室，把重新装订整齐的手稿交给我，说："我看完了，写得很好，只是上课写，不好。"随后，他把自己订的厚厚的一叠《小小说选刊》借给我，让我先学着写点短的，免得太费神和啰唆。

三年的时间里，这样的小细节还有很多，就是这样一个一个的细小关爱，促成了我一天天的改变。虽然我至今没有做出什么值得一说的成就，但至少没有沿着当年那种下滑轨迹，一黑到底，而是在老师善意的激励和鼓舞下，眼睛和心灵开始关注善与美，并走向追求她们的路途。仅凭此，就足够我铭记并感恩一生。虽然，我最终连老师教的数学课都没能学好，但我可以骄傲地说："我对文字的喜爱和对人生的正向理解，是数学老师教的。"

与我有相同或相近经历的同学，都能讲出许多类似的与李老师的交往故事。在他的身上，我们体会到了最初的素质教育，这算是不幸中的万幸，这让低着头走入职中的我们，昂着头走了出来，并成为不辜负社会的人。

2017 年 11 月 28 日，那个对我们有再造之恩的人走了。谨以此文，纪念并感谢老师。愿老师飞升之路上，有万千繁星相伴。

你厌恶的苟且，是我梦寐以求的远方

在汉源九襄一片灿烂的桃花林里，我遇到一个抱着一摞书匆匆赶路的女孩子，向她问路，并攀谈了起来。那个时候，是微风轻摇，远处的竹林和近处的桃花相互唱和般轻摇的春天，与我的心律同频，阳光温暖明亮，空气中有蜜蜂和花叶追逐的嬉闹之声，其情其景美得让人忍不住脱口赞叹："这里太美了，好像仙境！真想就在这里，不走了！"

热心帮我带路的女孩笑着说："那你就留在这儿吧！我把我家的小院租给你，反正我父母和哥嫂都到成都去了，我也正打算去！"

之后，我们俩便像身在两个不同鱼缸里的鱼，开始羡慕对方所处的环境。她夸成都交通方便，我夸这里空气质量好；她夸成都挣钱机会多，我夸这里物产丰富；她夸成都热闹绚烂的夜生活，我夸这里缀满星星的夜空；她夸成都大街小巷里随处可见的美食，我则夸这里无处不在的新鲜空气和干净的水；她夸成都城市建筑的高大壮美，我则夸这里四时花果不断的秀丽风光。

总之，我们相互表扬和羡慕着对方的世界中那些在各自生活领城里不常拥有的东西，并且惊异地发现，自己向往的诗意和远方，也许就是别人熟视无睹甚至急欲放弃的"眼前的苟且"。

这样的例子，其实还有很多，如《围城》所述："城里的人想出去，城外的人想进来。"人们总是漠视自己身边的事物，而把想象和期待，给了远方。

有一位诗歌爱好者，千里迢迢地去远方，朝圣般地想去见一位自己魂牵梦萦的诗人。但当他到达诗人的家乡时，所听到的，却是诗人的乡邻对他种种古怪行状的千般嘲弄，于是发自内心地感叹："远方的诗人是个神话，而隔壁的诗人是个笑话。"这样的人生感触，不知道我们在生活中，有没有体会和感悟。

远方，因为遥远与不可知，而被蒙上了一层新奇而神秘的面纱，它吸引着那些不甘湮没于庸常生活的人去追逐，去撩拨。

早年看过一部名叫《海市蜃楼》的电影，讲述一个年轻人在戈壁上的海市蜃楼中，看到一位美丽如仙的红衣女子，他认为，在远方，一定有这样一个女子存在，他将找到她当成人生的梦想。为此，他历尽艰难，九死一生，终于来到这个女子身边。殊不知，这位美丽的女子，却是杀人如麻无恶不作的匪首。历尽苦战之后，年轻人终于亲手毁灭了自己追逐的梦想，在激战中将女匪首杀死。

冲着美好的想象出发，向着远方被想象装扮得美好无比的理想出发，但最终被残酷的现实唤醒。仅凭这一点，这部电影就无法湮没于我所看过的成百上千部武打片中，而让我牢牢地记住了它，并且时常将它拿来做一剂清醒剂，检测我那些动辄就想挑灯仗剑为了梦中的橄榄树而流浪的想象画面,哪些是梦想,哪些是乱想。虽然,在青春时期,这二者并没有多大差别。

在很长一段时间里,我被一部名叫《荒野生存》的畅销书迷醉着,主人公麦坎德利斯出生于富裕家庭,毕业于名校。为了追求诗意和远方,他于1990年5月12日独自出发,只身前往阿拉斯加,他一路扔掉了钱与其他身外之物,抛掉了汽车,在原野中尽情地享受免受束缚的快意,与大自然融为一体。直至五个月后,因为饥饿难忍吃了有毒的植物,死在小溪边一辆废弃的巴士上……

我不知道有多少人被他的人生经历打动了。反正,在那些被朝九晚五的生活中各种烦恼折腾得七荤八素的时候,我的梦想,就是像麦坎德利斯那样,扔下一切,一走了之,哪怕最终的结局是在一个满天星光的夜晚,死在一辆长满杂草的破旧巴士里。为此,我时常设想自己像街头流浪者那样,蹲在路边的台阶上吃盒饭的场景;但我肯定想象不出,那个引起我联想的人,也许正在被今晚在哪座桥下过夜的问题困扰。他眼里的我,会是什么样子?他如果知道我此时的想法,会不会觉得我是个不知道好歹的疯子?

有一把钥匙能打开门,有一盏灯在为你而亮,这种庸常的拥有,往往不会被拥有者在意,甚至将它当成飞翔的拖累。

我不知道那些被"用装修一个厨房的钱去旅行"广告怂恿着的人们是否已经后悔。我只知道,没有疯狂过的青春,是无趣的;但永远疯狂的人生,却是悲哀的。有一天,当我们已老到开始关心周围事物的时候,我们会发现,在我们无视的苟且中,一茬茬鲜花开过又坠落，一顿顿饭菜从田间到桌前经历了何等的周折，一代代孩子由活蹦乱跳到平静安详，一个个姑娘由伶俐到端庄最终变得慈祥。我们在关注不可得的远方时，错过了身边的一切，而最大的悲哀是，所有的远方，会因为我们的到达而成为近处，而我们与生俱来的远香近臭的视物标准，会将它变成苟且。殊不知，此时的它，却是别人欲至而不得的诗意。我们也许并不知晓，我们所站的地方，我们所视为苟且的一切，也许就是别人求之不得的诗意和远方。

苦难强度决定你人生的高度

近段时间,突然喜欢起成功人士们的传记和演讲来。倒不是因为近知天命的年纪还梦想着借别人的成功经验来一次亡羊补牢的逆袭,而是觉得这些成功人士之所以能干出比别人更不一样的成就,必然是有一些完全区别于常人的人生经历,这些经历,就是精彩的人生故事。

在这些故事中,我看到球王贝利的名字原本来自别人对他的鄙视和嘲笑;看到王石曾经为了贩卖饲料而背着三条香烟"行贿"遭拒的尴尬场景;看到马化腾倾尽所有研发的基于传呼平台的信息服务系统一波三折;看到马云与二十四个人一起应聘肯德基,与六个人一起考警校,与一个人一起考酒店职员,均遭到拒绝的悲催求职经历……

这些如假包换的人生记忆,令他们痛苦尴尬并铭记一生,在多年之后回忆起仍然激动不已。但值得庆幸的是,这些悲伤和苦难的关口,已被他们成功地跨越,就如同刚刚从一段充满危险的风浪中脱险出来的船员那样,之前遭遇到的危险与磨难越大,平安之后的庆幸与荣耀感就越强。这种心理感受，与苦难来临之前的心态完全不一样，与苦难进行中的痛苦挣扎，也完全不一样。

正是基于这个原因，我们才有机会看到成功者们在荣耀的讲台上，以寻常的心态，戏谑的口吻，说出当年让自己痛不欲生的事情，他们在自嘲的同时，也嘲弄了当初的苦难，以及为他们制造苦难的人，颇有点生活得幸福的女人感谢前男友"不娶之恩"的感觉——我有今日，拜你所赐，后悔去吧！

这种潇洒或者嚣张，其实是胜利者的专利。只有顺利冲出苦难、逃出险境的人，才有能力和资格回味当时的艰难和不易，并体会到战胜那份险境带来的幸运和荣耀。这幸运和荣耀的等级，与所突破的艰难险阻的强度有关。你所挣脱危险和苦难的强度，直接决定了你人生的高度，这一点，与电脑游戏的关口，颇有相似之处——谁会去玩一攻就破没有一点难度的游戏呢？

这种状况，不仅仅表现在大人物身上，在平常人身上，也时常能看到。比如我少年时听到邻家爷爷讲自己当年参加剿匪时被土匪摁住险些被捂死的场景，也听过母亲小时候带着弟弟妹妹去上学被老师轰出学校的窘迫，听说过一位身家上亿的老板少年时代跟着母亲挨家挨户去卖泡菜被狗咬伤的痛苦，也听过如今每日流水破百万的电子商务达人初创业时在淘宝上当客服每天被骂的尴尬……

这些辛酸甚至悲惨的故事，当然是在平静的气氛下被讲出来的，甚至还伴有爽朗的笑声。

所有能与人言的苦难，都像伤疤那样，在痊愈之后，成为胜利者身上的勋章,是战胜困苦和险境之后的荣耀,是属于胜利者的专利。而不能与人言的痛苦与磨难,要么是因为我们在与困苦搏斗的过程中已经败北,要么是搏杀正在进行,无暇顾及诉说。就像面对风暴的船,只有冲出了滔天巨浪,驶向胜利的港湾时,船上的人才有资格潇洒地讲出那些凶险的往事,甚至是用戏谑而幽默的语气。但前提是,他没有被大浪卷入海底喂了鱼!

正是基于这个原因,心理学中甚至有人总结出一个规律:凡随时可以说出自己糗事的,必是当下过得不错的人;而凡天天把当年勇挂在嘴边的,必是当下境况不堪,急需有点什么安慰自己的人。

悲催的"欣赏教育"

一位老友几天前被人刺伤住进重症监护室，至少有五个朋友在电话和 QQ 上向我通报了这一消息，结束前总不忘捎上一句："你多年前预言他会因他的儿子而遭遇大祸，终于应验了！"

对于这个迟早要发生的悲剧的实现，我一点预测成功的成就感也没有，相反心中有一股忍不住的悲凉。我不会测字算命，更不懂易经八卦奇门遁甲。我所依据的，只是教育与心理学的一些普通原理，并从一些小细节中推测这位朋友与孩子的相处和教育方式，会出大问题。而我在心中曾无数次希望事情不会被我这乌鸦嘴说中。

那位受伤的老友像很多父母一样，是一位急切的望子成龙者，他对儿子的教育非常重视，儿子还没学会说话，他就开始给他讲成功学故事。他厌憎那些以小白兔、小鸭、小鸡为主角的故事，他给孩子讲的都是心灵鸡汤中宣称的狮子、狼、老虎如何将弱小动物吃掉的故事，以期从幼儿开始，让孩子成为强者。

除了成功学之外，他培养孩子的另一大利器，便是"欣赏教育"。

之所以如此，是因为他对儿子确有发自内心的欣赏，当儿子还是婴儿的时候，他看着襁褓里像微缩版自己的小家伙，恍然有一种天使跌落凡间的感觉。这个时段的父亲，在感情的作用下，有一种即使儿女的屎尿也闻不出臭味的状态是正常的。但像他那样将这种感觉一以贯之保持下去，并以欣赏和崇拜的心态发扬光大的，确实不多见。他可以说是将欣赏教育发挥到极致的人。

儿子在医院不愿打针，对着护士和医生撒尿。他温情脉脉地看着，觉得孩子霸气——这可是成为成功者的先决条件。

儿子上课无聊，练就了从牙缝里往外滋水，最远可达两米的技艺，老师找他交流，他表面没说什么，心里却为孩子这门"绝技"惊叹，并在此后的各种饭局上让儿子向众人演示，滋得大家胃液逆行，他仍乐此不疲。

儿子初中未毕业就辍学，他想到了比尔·盖茨和扎克伯格；儿子在酒桌上对长辈的忠告出言不逊，他想到的是儿子言语犀利；儿子花数万元到日本打工，胜任不了，半途而回，他夸儿子有爱国气节；儿子在外面招惹女孩，并无数次借女孩子的钱不还，他向众人讲述的却是儿子无敌的魅力；儿子对老妈施以拳脚，他私下里向朋友们赞叹这小子不走寻常路……

在各种无原则的谬赞鼓励之下，儿子像一盆从未经过修剪的疯草，无规则地泛滥成为一个自以为是、唯我独尊、目中无人且胆大妄为的人。不久前，在一份守工地的工作上，小家伙再一次犯下错误，让一个女孩怀了孕，女孩的父母及家人来谈判，要他负责。这位痴爱儿子的父亲，在另一位深爱自己女儿的父亲面前，居然仍不忘记表扬儿子招女孩喜欢……

于是，就有了本文开篇的那一幕。

CHAPTER 3

他们，是我们暗夜中的星光

谢谢你路过我的生命

美国作家米奇·阿尔博姆的小说《你在天堂里遇见的五个人》，讲述的是主人公爱迪在人生旅途的最后一站遇到了五个人，这些人，并不是他的亲朋好友，有的他甚至根本不认识。但这些人的命运，却与他有着很深的交集，比如，有他少年时代横穿马路导致车祸被撞死的开车人，有他在战争中烧掉的房子中丧生的无辜者。这些彼此并不认识的人，却决定性地影响着彼此的命运，他们之间的关系，显然已不是风马牛不相及的路人甲乙丙，他们是彼此生命的搬运工，在不经意间，决定了彼此的生命走向和轨迹。

这让我想起多年以前，我在一家电视台打工时的场景。某天，电视台要招实习记者，齐刷刷地来了好几百名大学生报名者，领导当然没有时间看简历，于是让一个实习记者帮忙。这位在办公室里资历最浅被临时抓去当苦差的家伙，居然得意扬扬地扇着手里的简历说："你们的命运，就掌握在我的手上！"当时，我发自内心地鄙视他小人得志且不知天高地厚的张狂。但多年之后回想，不觉深深地抽了一口凉气——他说的有错吗？被他选中或不选中的人，不是就走向了各不相同的人生之路吗？

人与人之间就在这彼此影响之中，不知不觉地相遇、相交、相知、相爱、相恨、相忘，彼此在对方的生命中，留下印记。有些是心中能够察觉的，有些却没有任何痕迹，宛如在人潮汹涌的地铁上，三步之内，有正经历着一场人生重大变故的得意者或失意人，有我们欣赏并喜爱的优雅者，有给老人孕妇让座的文明人士，也有正准备向我们的钱包下手的小偷。大家从四面八方来，各自都经历了千万里的路程，在这个小小空间里短暂相聚，然后又各自散落四方。在那小小的地铁上，我们也许会不经意踩到对方，或不小心触碰到对方的手，我们会感受到对方善意或冷漠的眼神，我们会闻到对方身上的气息。我们离幸福与不幸，都那样近。

早年爱诗的年纪，总会被"我愿化身石桥，经受五百年风吹，五百年日晒，五百年雨打，只求她从桥上过"之类的情怀打动。但年岁长到已不再相信童话的某一日，走在人来人往的地铁口，突然心中隐隐地生出一股疼意——即使在你三米之内，有前世的爱人与仇敌，那又如何？你们也不会再认识彼此！

我们的人生，何尝不是这样一列一直开下去而令人绝望的地铁，我们注定如一颗孤独的粒子，从一片陌生走向另一片陌生。在汪洋一般的孤寂中，偶尔会遇到一星半点对我们好的人，他们是暗夜中的星光，是偶尔飞过的一只海鸥，是洋流中漂来的一个椰子，他们以一星半点的善意，温暖着我们的身心，使它不轻易发冷，变硬。这虽然会让我们更脆弱，但却保证了我们对生命的知觉，让我们的心不再坚硬。

　　也许正是基于这个原因，我对来往于生命中的人，都报之以一种满含感激的热忱，无论他是我的亲人还是朋友，抑或是偶遇的小贩邻座，来我三步之内，必是有缘由的。他们的路过，总如鸟儿飞过天空，没有痕迹，却有记忆，让我发自内心地想说："谢谢你曾经路过我的生命！"

地铁上的婚礼

　　城市地铁新开通的前几天要试运行，工作人员发票邀请各界人士来免费体验，我也领到几张票，便带着妻女去凑热闹。地铁此前已坐过很多次，但我们城市的，还是第一次。因而，新鲜感和好奇感，多少也还有一些。

　　和我想法一样的人还挺多，地铁站人山人海，排队换票然后进入站内，一层一层深入到城市的地下，看着一条庞大的铁龙在地底穿行，站牌上，平时熟识的地名，顿时感觉有些陌生，同时还有些奇妙感：不知不觉中，这浩大的工程如太阳下的影子，悄无声息地从我们的脚下游了过去。

　　在泛着各种新味的车厢里，我看到人们眼中的新鲜感，有人在摩挲金属拉手，有人在端详车窗玻璃背后的广告和广告间隙中自己一闪即逝的影子，还有人在努力摇屁股试验板凳是否安得稳当，人们用兴奋的语气相互诉说着今后上班或逛街的新路线……

　　在车厢门的一边，一个年轻人引起了我的注意。准确地说，是他的沉默引起了我的注意。因为此前发生过公交车被人用汽油点燃的事，而点火的通常是眼中有忧伤光泽的沉默者。因此，在日常生活中，我都本能地对那些与热闹的环境保持距离的人心存警惕。我知道这样不好，但在特定的场景和气氛之下，不免本能地阴暗一次。

那年轻人穿着一身与他的肤色和发型并不相称的八成新西服，脚下不着调地配了一双白色旅游鞋，头发不知涂了些什么，很油地贴在头皮上。他面色黝黑，眼睛却被衬得很红，让人感觉不是刚通宵打过麻将，就是刚痛哭了一场。

我更倾向于后者，于是更加警惕地关注着他的一举一动。

列车开动之后，他最初有点局促，随后眼睛里充满了泪水。车窗外黑洞洞的墙上仿佛在演着一场悲伤的电影，让他的胸口一起一伏。

他开始把身后背的挎包转到身前。

我的心顿时紧了一下。虽然我刚经过安检，知道那玩意儿并非虚设，但仍然有大气不敢出的感觉。

他拉开拉链。

我把女儿推到身后，并在想假如他扯出什么可怕的东西，我是该扑上去还是逃开。

那不是违禁品，而是一个相框。相框被慢慢拉出来，上面是一张女孩子的照片。相片像素不太高，放大之后显得有点朦胧。

小伙子把女孩的照片拿出来，抱在怀中。

我这时长舒一口气，警惕心让位于好奇心，继续观察他。他面向车窗发呆良久，忽然鼓足勇气，在口袋里掏出一把糖，从身边的小孩开始发。

孩子们不敢要，大人们更不敢。

小伙子笑笑说："请吃喜糖，我们的!"为了让我们放心，他先剥一个放进嘴里。

大家狐疑地看着他，各自猜测他是推销什么的，有胆大的孩子接过了糖。

小伙子很高兴，对孩子，其实也是对旁边一脸忧惧的大人说："这是我们的喜糖，我们是在修地铁的工地认识的，我们约好，等地铁开通，就在第一班车上结婚!"

小孩："结婚？和照片？"

小伙子不好意思地笑笑，说："她……不能来了。"

小孩："她死了吗？"

小伙子："不! 她嫁了。她等不及地铁修完，她等不及我挣够买房的钱……"

车厢里突然变得很安静。

有人默默接过他手中的糖，有人轻轻拍拍他的肩，有人悄悄擦眼睛……

小伙子抱着相片，如完成一桩大事般长舒一口气。

地铁静静地穿行在城市的深处，从内到外都散发着新的气味……

几站之后，小伙子如释重负地下了车，像雨点融入水中一般消失在人群中。

我相信，从那天起，那个车厢里至少有一半的人，一坐地铁，就会想起他来。

爱心银杏与一地鸡毛

环卫工人张嫂在江边银杏林里扫落叶，金黄的银杏叶宛如一只只灿烂的蝴蝶，在轻风中绕着她的扫帚和脚，让她有一种愉悦的感觉。在这种感觉的带动下，她把树叶堆成一个心形，一颗闪亮的黄色爱心，让江边人形道瞬间充满一种温馨的艺术气息。

她扫地好些年，从没有过今天这种愉悦感，于是她拿起手机，将那颗心拍了下来，传给正在读大三的女儿，那孩子是她所有辛苦和幸福的源头，也是她唯一的粉丝。

女儿看到之后，也很高兴，将它转发到自己读者并不多的朋友圈。而朋友圈中，恰好有一位已转行做记者的老师，老师正在为新闻线索伤脑筋。这件环卫工人愉快地堆出心形的小事，瞬间变成了一件大事。报社太需要这种充满正能量的新闻了。

于是，新闻见了报，在网上引起了一片热烈的讨论。

最初，评价不一。

1楼：环卫工人也有一颗爱美之心，充分说明我市两个文明的建设取得了丰硕成果，只要大家一起努力，我们的城市会变得更美！

点 36 个赞。

　　2 楼：楼上 5 毛，鉴定完毕！

　　3 楼：2 楼心理阴暗，看不得世间美好的东西，环卫工人难道就不懂得美？就不配欣赏美？

　　4 楼：炒作，赤裸裸的炒作！我就不相信环卫工人领那么低的工资，每天那么累，还有心思堆心形，亏你们想得出来！

　　5 楼：楼上的意思是不是说，穷人就没有审美观和欣赏美的权利？前几天我还看到一个鞋匠一边补皮鞋一边唱歌呢！

　　6 楼：@5 楼，你看到的是他被城管砸摊以前吧？

　　7 楼：说环卫工人，怎么又扯到城管去了？

　　8 楼：给 7 楼补课，他们是一个系统的。

　　9 楼：看回复，觉得好复杂，大家为什么不能用单纯的眼光看一堆金黄树叶垒起的美景呢？

　　10 楼：不能！因为在我看来，这种矫揉与做作，比屎还难看！

　　11 楼：心中有屎，眼中才有屎！

　　12 楼：拍马屁的心中才有屎！

　　13 楼：各位，请不要吵，我是那位环卫工人的女儿，那堆树叶真是我妈妈堆的，她没有什么目的，只是觉得好看而已。

　　14 楼：看来，你妈妈的工资还是太高了，吃饱了撑的！今后应该再加大劳动量才行！

　　15 楼：14 楼，不许歧视环卫工人！

　　16 楼：搞不懂为什么总有那么些人，喜欢把世界看得很阴暗，把世界看坏,对你们有什么好处?

17 楼:我也搞不懂,为什么这么杂乱糟污充满不公平的世界,被你们看成一朵花?你们只看到环卫工人垒起的树叶,为什么就看不见那片树林曾是一片长势很好的桦树林,再之前是一家效益不错的国有工厂,看不见种那片银杏树林时收的回扣,没看到不远处江水里的污染……

18 楼:楼上想多了,没看到那家国营厂的工人们重新就业,附近楼盘里人们的生活越来越好,水污染正在得到治理……

19 楼:从这帖子可以看出,都是吃饱了闲得慌。

20 楼:骂谁呢?

……

1000 楼:各位,这个热帖讨论什么呢?

1001 楼:谁知道呢!

环卫工张嫂不知道,在钢筋水泥和万家灯火中,那堆早已被运渣车拉走,并运往焚化站的树叶,曾点起过怎么样的一堆"火"。

妈妈为什么要保护骗子

好吧，孩子，既然你愿意坐下来听我说，我就不妨把心里的话给你摆一摆。我没记错的话，这是咱们娘俩十多年来第一次这么悠闲地专门坐下来聊天，这一切，都应该感谢骗子，如果不是他们，你恐怕也很难有时间，坐下来听妈妈唠叨。在你的字典里，妈妈的所有爱与关切都等于唠叨。

是的，这一次我又被骗了，花了六千块钱买了一个高科技人工智能枕头。这是继四千元买长寿饮水机，八千元买宇宙射线健身仪，一万元买回床垫之后，我又一次上当。你们痛心疾首捶胸顿足的样子，仿佛当年我看到你拿着满是红叉的试卷回家的表情。你们想不通，精明一生，连买小菜也不会吃亏的母亲，何以昏聩如此。难道老妈妈的头脑，也如她的血管和房间一样，被血脂和装满回忆的旧物堵住然后变得越来越窄，越来越不灵光，成为一台将食物变成粪便的机器，一台受骗子们欢迎的提款机？

如果是那样的话，你就太小瞧你的妈妈，也太低估了"骗子"。我之所以要打上引号，是因为时至今日，我也没觉得他们骗了我什

116

么，我觉得躺在一万元的床垫和八千元的枕头上，我睡得确实很香也很安稳。虽然，你可以拿出一万条理由，来证明那些产品的恶与坏，以及我的不中用和愚蠢；但你无法改变的，是我在这一次消费过程中体验到的快乐与幸福。

对，你说得对，这是洗脑。但我喜欢这样的洗脑，我喜欢他们拉着我的手喊阿姨或妈妈，举止里没有嫌弃与勉强；我喜欢他们和我聊天时不会分分钟看手机，心神不宁地把魂抛向了远方；我喜欢他们说起远方的妈妈，还有他们的恋人和孩子；我喜欢他们手把手教我用手机，而且不屏蔽我的朋友圈；我喜欢他们给我讲新鲜事物时，不会总以"笨"作为开场白；我喜欢他们坐在我面前，听我说自己和孩子的童年趣事，不嫌弃也不逃避，更不嫌我啰唆；我喜欢他们吃我做的菜，夸我的手艺像他们妈妈的；我喜欢他们陪我哼唱那些老掉牙的"青春之歌"……

对，你说得对，这一切都是有代价的！枕头和床垫就是证明。但这些，与我将一生辛劳和心血交给你相比，又算得了什么？几十万的房子，没换来你不嫌我唠叨；一辈子为你洗的衣做的饭，没换来你成年之后的心里话；动辄千元的礼物和压岁钱，没换来媳妇和孙子一丝丝真诚的谢意；千辛万苦地做饭炒菜，只换回你一通轻描淡写的"太忙，回不来"的电话……

比起那些为了卖一点东西而想尽办法讨好我的孩子们，你的冷漠与淡然，倒是非常真诚。但我不喜欢这种真诚，这不是什么真诚，而是根本不在乎且无须掩饰的轻慢和遗忘。如果说"骗子"们对我的态度，是巧克力味的屎；那么，你们对我的态度，则是屎味的巧克力。二者都不是什么好物件，但至少前者还有掩盖和修饰。老人对儿女索要的并不多，也许就是形式上的某种尊重和关爱。遗憾的是，这个秘诀总是被"骗子"和推销员们先知道。当然，你们也许是知道的，只是因为太忙，没时间或不屑于关注和在意——就像钓鱼的人，终不会把精力放到已经钓起的鱼上，因为他知道，鱼在盆里，不会再逃走。

但妈妈不是那条鱼，不会永远在那里等你！

这些货，我不会拿去退，我甚至不会如你所愿，交出你要找的"骗子"，我知道他卖给我的货，都言过其实。但我感激他们对我的讨好和陪伴，体验到了布施的快乐，也体会到你们"恨娘不成钢"的气急败坏，我也从这气急败坏中，感觉出了久违的在乎。希望你们所在乎和心疼的不是被骗走的那些钱，而是你那对亲情饥渴得恨不能将毒酒当清泉狂饮的妈妈！

两个园丁

一位经商的朋友在老家修了一幢房子，想作为将来老了的归隐之处。为此，他专门请了大城市的设计师，别具匠心地打造了一个自幼就梦想拥有的家园。几间白墙黑瓦错落有致的小房，房前屋后种着花草与果木，不设围墙不养狗，乡亲们随时可以到门口的石凳上坐坐，看看花，钓钓鱼，甚至跳跳广场舞。小小的乡居，俨然成了小村里的小公园。

因为花园种了许多金丝楠木、山东大枣和小叶榕等外地植物，必须有人护理，浇浇水剪剪枝施施肥什么的。这位朋友便委托离他家最近的一个亲戚照看。这个亲戚五十来岁，没外出打工，在家主业打麻将，业余做农活。双方商定，每月以两千元作为这份兼职工作的工资，这价格比当地同龄专职打工者收入多一倍。

本以为这会是一场愉快的合作，一个闲置劳力在自己家门口上班，干的活仿佛就是给自己家的花园浇水之类的事。这在许多人看来，是一个肥水不流外人田的美差。

但是，这个亲戚并没有这么看。他将这件事看成了一个有钱亲戚给自己派下的重活，觉得对方当年一穷二白被自己带出山外去打工，现在衣锦还乡了，在自己面前显摆，不仅在自己家门口修了一所漂亮房子，还栽了那么多名贵花木，而且不修围墙，这就是赤裸裸的炫耀。他心想："如今还花钱让我当他的佣人，这不是用钱来压人吗？我在他眼中才值两千元？"

在这样的心态下干活，其工作质量可想而知。因为商人朋友一两个星期甚至更久才回老家一次，这漫长的时间间隔就为他留下了巨大的偷懒空间。那些可怜的植物，来到陌生的异乡，像初生的婴儿，等着保育员有一搭没一搭的喂养。婴儿饿了可以用哭声抗议，而植物们却不能，于是只能一拨拨的枯萎死去，剩下稍稍坚强点的，也一个个花容渐逝，变成一副"少年老成"的样子。

商人朋友对此迷惑不解，直至某次意外提前回家，才发现植物们这种自力更生的生存方式——那个亲戚只是在他回家前一天才敷衍地给植物们浇浇水，其余时间则让它们靠天吃饭，自生自灭。

商人朋友找到园丁亲戚，希望他在天气燥热的时段多浇水施肥，并适当学些园艺知识。那个亲戚被抓了个正着，羞愤难当，但他羞的不是自己偷懒，而是认为对方是刻意来找自己的麻烦，加之此前心里一直不爽，于是撕破脸皮，大闹一通，然后拂袖而去，坚决不干了。

商人朋友惊愕不已，他没有想到，自己对亲戚的照应，在对方眼中却是那样扭曲。一片好意落了一肚子的不是。

他们的争吵，被另一位邻居看到了，他主动跑来要帮忙照顾花园,因为自己已习惯了每天泡一杯茶在花园中听鸟叫,他觉得别人免费在自己家门口修一座花园,自己享受了这片美丽,出点力自然是应该的。他以往看着那些花草干渴,很心痛,但碍于情面,怕原来的园丁觉得是要跟他抢差事,不好插手。如今,老园丁不愿意干了,自己愿意顶上,至于工钱,就免了吧!谁浇自己的园子还收钱?况且,天天享受的还不是自己吗?

双方争执半天,最终以一千元补贴达成协议。自那以后,园里的花和树再没有莫名其妙地死过,而商人与新园丁没发生过一次不愉快的争执。

一件事,想得通就是天堂,想不通就是地狱。前一个园丁,因为满心不平顺且自视过高,摆不正自己与工作之间的关系,时时受着煎熬,最终合作不成,恩断义绝;后一个园丁,从工作中找到了自己的价值和乐趣,于是工作心态和效果都不错,而且得到了超乎他想象的回报——他在外打工的儿子后来跟着商人学做生意,几年之后,也创下了一份不错的家业,在商人漂亮的宅院背后,也修了风格相近的房子,并把花园扩大了一倍……

妈妈能看见

小零是我在广西德保一所乡村小学认识的留守儿童，十岁，读三年级，是男孩子当中不多的几个主动找我要 QQ 号码的。山里孩子腼腆，男孩比女孩更甚，不太好意思向陌生人表达自己。他是鼓了很大勇气才向我提起的。当时，我正坐在桂花树下吃饭，没带笔，他就随手捡了一块石头，把号画在上面，像捡到宝一般抱着高兴地跑了。

和别的孩子加了 QQ 之后，或与我聊作文，或求我教画画，或撒娇要红包不一样，小零加我，也如他平常的风格一般，怯生生的，静悄悄的。直至某一天，他小心地发来一段语音，我才辨出是他。其时，我已在千里之外的四川，但捧着石头蹦跳着消失于阳光尽头的他，又一次鲜活地出现于眼前。

"老师。"

他的招呼一如既往，胆怯而有礼貌。

我们寒暄了两句，他突然问："那天你给我们拍的视频，会在电视上放吗？"

我说不会，我拍视频只是用来做视频资料。

他有些不甘心，又问："网上，网上可以放吗？"

我说网上倒是可以。

他沉吟了片刻，说："那很好，你们是北京来的，影响大，看的人多。"

因为支教活动的主办单位在北京，孩子以为我们都来自北京。

我故意逗他："拍录像时，你们像躲枪口一般东躲西藏，现在又在乎起录像会不会播出，有点太那啥了吧？"

他被说得一愣，停了好一阵子，才说："没有，我没有躲，我就希望你拍到我，那样，我妈妈就看到我了！"

我忍不住哈哈大笑起来，说："傻孩子，现在几百元的手机，都可以视频聊天，看妈妈还不容易？"

"可是，我没有妈妈的电话。"

"你没有妈妈的电话？"

"是的！我妈妈走了，不要我了！"

我为自己的唐突，向小零道歉。他对此似乎也没有太在意，只是一个劲儿向我打听，怎么样才能让他的视频，传得更远。他甚至有点顽固地相信，妈妈之所以不回来找他，是因为没有看到他已经长大了，还那么可爱。他坚信，只要看到他，妈妈一定会回来。他觉得我可以帮他。此前，为了让自己的视频能传播得更远，他上过好些视频网站，想学那些直播红人，还试过一顿饭吃十个包子，但都学不会，更没引起关注。他最新发现，有个人爬楼特别厉害，在几百米高的大厦顶上做各种惊险动作，拍成视频，点击率可高了！他觉得这比其他的方式好学，打算从爬树开始练，最近，他都已经可以爬二十米高的树了！

虽然语音传不过来图像，但我感觉得出，在网络另一端，他有点小小成就感的表情。他也许不知道，他视为偶像的那个爬楼达人，已于几天前从一座高楼上摔了下来……

我不记得那天的聊天是怎么结束的，也许我讲了"好好学习，长大后就可以见到妈妈"之类的话。当天夜里我甚至还梦到过一个孩子，站在高高的大厦顶上，向远方挥手，孩子的样子看不清楚了，但我相信那是小零——一个努力想被妈妈看到的留守儿童。

来自乡村的寒酸礼物

许多久未谋面的朋友，见面第一句话就是："为什么跑去做公益了？"在他们看来，媒体虽然江河日下，但靠着这么多年走南闯北积下的满肚子故事，去做内容创业之类的工作，也算有前途。即便不能实现动辄估值就上亿的"小目标"，但轻车熟路地干到退休，应该不成什么问题。现在临近人生下半场，跑到一个并不熟悉和擅长的领域去挣扎，确乎有些不好被理解。

老实说，我并不是一个精于规划的人。半辈子磕磕碰碰的人生经历，也让我明白"变化比计划快"的道理。因而，让我对自己凭本能做出的选择做一个理性的分析，是一件颇费脑筋的事，就如同面对刚刚接触世界的孩子们提出的各种看似简单，实则不好回答的问题：

为什么小鸟是小鸟？

为什么树叶是树叶？

为什么海浪是海浪？

为什么空气是空气？

∙∙∙∙∙∙∙∙∙∙∙∙

一个原本不是问题的问题，如果反复去问，我就忍不住去想，并最终变成了问题——是啊，为什么？

隐约中，我觉得诱因是有的，只是不确定哪一个是主要的。但在诸多原因中，有一件小事，在我头脑中反复闪过，出现的频次最高。

那是几年前，我应邀去参加一所小学的主题班会。这所位于主城区的重点学校与一所偏远山区的小学校进行了"结对子，手拉手"交流活动——身处两地的小朋友们建立联系，互赠礼物，写信交流心得和体会。

我到教室的时候，正赶上小朋友们刚刚收到来自远方的包裹，包裹里装着乡村孩子们为他们精心准备的礼物，有画在树叶上的画，有刻在石头上的小雕刻，还有木头做的缩微板凳，以及他们在校园大树下拍的合影，全校总人数二三十个，看起来比城里一个班的人数还少，但每个孩子的脸上，都挂着灿烂的笑容。

在礼物中，还有几件小玩具，一个是半新的蓝头发娃娃，一个是陀螺。班里的小同学们顿时窃窃私语，细问方知，这些小玩具都是一两元钱小零食的赠品。有小孩子说："我们送他们新书新玩具，他们送我们这个，是不是太抠了？"

有一个小男孩，从包裹里捻出一个金属链小吊牌，说："居然还有裤子上的商标牌！"

大家一哄而上，拿着仔细辨认。没错，那确实是一个商标牌，通常买了新衣服或裤子，第一时间就要剪下来扔掉的东西，没想到会被拿来当礼物。

孩子们顿时哗然了，嘲弄鄙夷与不平的表情纷纷涌上面孔。

这样的场景，显然不是主题班会想要的结果。看着桌上被当成笑话的几件礼品，我心中有一种被电击的感觉。这几件被嫌弃的礼物，也许是那些乡村小孩能拿得出手的最好的礼物，就像穷亲戚把家里仅有的好东西拿去送给富亲戚，却恰好是人家想淘汰和丢弃的东西。这样的落差，禁不住让人心头一紧。

之后的半节课，我给城里的孩子们讲了关于礼物和情义的故事。我告诉他们："那些身在遥远山区的小朋友们并非吝啬，他们也许是把自己能得到的最好的东西送给了你们。这些你们早已不玩的'劣质玩具'和商标吊牌，说不定是他们的爸爸妈妈难得回一趟家带给他们的，或许是他们最宝贵的东西。"

孩子们似乎明白了一些，眼神渐渐平和了，开始商量如何回信，并且准备下一次的礼物。他们要把自己最喜欢而不是最贵的礼物，给那些小朋友们送去。

这件事虽过去了很久，但给我的刺激却很大。我从中看到了城市和乡村巨大的物质与非物质差异。

工业设计新秀洛可可的创始人贾伟当年报考设计学校时，就遇到了一个难题——主考官让他画六只不一样的手电筒，他画不来，险些被拒于学校之外。而他以超出常人的勤奋，打破了被眼界限制的格局，成为中国设计界的代表性人物。

　　但并不是所有的乡村孩子都有这种毅力和幸运。就我所见过的大量的孩子，他们有的不知道看不见粪便的厕所是什么样子的，有的不知道原来人是应该吃午饭的，有的不知道城里的高楼是不需要烧柴的，有的不知道 ATM 机里出钱是要卡上有钱的。在与他们的交往中，我看到或听到过他们用酱油兑可乐，看着他们把一本旧书翻到烂，听到他们说"一年能和妈妈待一个月是最幸福的"……

　　差异，就来自于阅历和见识！

　　我参与公益的初心，也许就来自于此，把外面的书和信息及有见识的人，带到偏远的乡村，给乡村闭塞的精神空间凿一个小洞。这些说着容易做着却不易的事，成为我人生下半场的试题。

　　这一切也许皆缘起于那个主题班会。

挪一下屁股的善意

前段日子，去找一个朋友吃午饭，她恰好顺路去缴住房贷款，我们于是一起去了银行，拿了号，静等工作人员喊号。原以为中午存取钱的人会少些，谁料大家想法都一致，营业大厅里坐满了等待的人。

朋友看时间还早，提议坐一会儿。我们在大厅来回走了一圈，所有位子都坐满了人，只有一排椅子上有两个空位，但两空位之间坐着一个年轻男子，在与他间隔一个空位的另一张椅子上坐着一个女孩子，两人在聊天，显见是一道来的，说不定还是对小情侣。

一排四人的座椅上，1号和3号坐着人，2号和4号空着。而最合理的选择，是请坐在3号位的年轻后生挪至2号，这样，他与他的同伴可以坐近并继续聊天，而留下的两个空位也挨着，我与久未谋面的好友也可以趁这段等待的时间叙叙旧。这样安排，毫无疑问是最合适的，也就是传说中的双赢。

朋友上前很客气很礼貌地对小伙子提议："请你换个位子

好吗？"

小伙子很爽快地起身，准备将屁股挪一下。这时，他的同伴声色俱厉地制止他："不换！凭什么？"

那神态，仿佛我和朋友中至少有一人此前不久和她打过架，甚至干过更令她愤怒的事情。

她昂着头，一副随时准备进一步吵架的姿态。

我赶紧上前说："别急别急，不换不换，这样坐着也挺好！"

我和朋友都早已过了为一个座位与人吵架的年纪。我们只是相视一笑，便与两个年轻人交叉着坐了下来，隔着那位面色尴尬的小伙子，小声聊着天。那女孩坚持不换位子的举动，并没有让我们感到有什么不便，反而让他们两人不再说话了。感觉得出，女孩的气场很足。

这时，我在心里难免八卦起来——这对年轻人是怎么了？在吵架？不像！此前聊得挺热乎的。那么，是我们请求对方换位的方式不对？反复回想朋友刚才用商量的口吻提议，并没有什么不妥。那是什么原因让这个十八九岁的小女孩失去了向陌生人展示哪怕只是挪一下屁股的善意呢？我对此十分好奇，于是留意观察她。

她的容颜不算漂亮，但也不丑，眼里冷冷且恨恨然的表情严重减分。她似乎在等着办一张卡，这个等待过程令她很焦灼。

我不知道她是来求学还是打工的，我也不知道她此前有过什么样的遭遇。

即使挪一下屁股的善意，也不愿意向人施予，更多更大的事，恐怕更难以想象。而她此时的恨恨然，除了让自己不愉快之外，便再无别的用处。我不由得替她的未来担起心来。但愿她的这种心态，只是这个中午偶然的非常态吧！

神龛上的奥特曼

· 有一次，我到乡下走亲戚，在这家古旧的农家小院里，我们喝着主人汪老伯自酿的米酒，吃着他老伴推的石磨豆花，看着小院里奔走的小鸡、小狗和石缸里的锦鲤，闻着树上晃晃悠悠飘来的桂花香味，体会唐诗宋词中才有的古雅意韵。

汪老伯是个颇有古风的人，虽然一生务农，但说起诸子百家古文观止之类，头头是道的。让我想起"晴耕雨读"这个中国传统文化人最心向往之的生存理想来。

像很多老人的家一样，汪老伯的堂屋里也保留着一个神龛，上面写着"天地君亲师"几个大字，龛前的小香炉里袅袅燃着三炷梵香，散发着幽然芬芳的烟气。

这时，一个有违和感的场景出现了——在小香炉背后，神气地站着一只奥特曼玩偶。

奥特曼？对，是奥特曼。试想想，这和在《清明上河图》中看到一张变形金刚的脸或发现一台装载机有什么区别？这么清雅的农家古趣，瞬间变得搞怪了起来。

这该不会是哪个熊孩子搞的恶作剧吧？我在网上看过不少熊孩子把父母供的财神换成哆啦A梦而遭到痛扁的搞笑图片。汪伯和汪婆婆该不会也中了类似的招了吧？对于他们这种心存古意的人来说，错拜了神像应该算是一种难以接受的冒犯吧？

我于是提醒汪老伯：这是小朋友的玩具，怎么上了神龛？是哪个熊孩子在捣乱？

汪老伯一看，笑了，说："这是我老伴摆的，玩具是孙子小茂暑假回来玩时留下的，那小家伙从小跟他爸妈在城里打工，一两年才回来一次，住不了几天，家里的所有东西就像长了刺一样，让他待不住，嚷着要回去。回哪儿去啊？这里才是他的家啊！每次一走，又不知道什么时候才能回来。这个小玩具是他最爱的东西，他奶奶觉得放哪里都不合适，就直接放到我们家最干净最尊贵的地方了，她希望祖宗们也能像看顾我们一样，看顾着我们在远方的孙子。"

看着神龛上那个神气的小奥特曼，我忍不住想，兴许，在城里的小孙子又有了更新的小玩具，他遗落在老家的这个小玩具对年迈的爷爷奶奶的意义，他知道吗？天下老人们的心，儿孙们都知道吗？

盛　装

我永远忘不了那个在八月的阳光下穿着冬衣向我微笑的女孩。

我所在的众之金服公益志愿者团队与哈工大威海校区志愿者团队联合在贵州省毕节市举行了一次针对留守儿童的暑期夏令营活动。毕节是劳务输出大市，前几年因为几个涉及留守儿童的典型事件而闻名天下。当地各级政府机构，对这个"名"当然是感到无限尴尬的，于是针对留守儿童做了大量工作，支持各界对当地留守儿童的关爱与帮扶行动便是其中之一。我们的夏令营，顺理成章地得到了来自各方面的大力支持。

活动地址选在赫章县安乐溪乡，这是大山深处的一个小乡，从县城出发，需要在山路上颠簸三个多小时才能到达。这个乡总人口两万多，大多数青壮劳力都外出打工，只留下老人小孩在家留守，其中留守儿童有两千多人。这些年轻的生命，既是这片土地的未来与希望，也是这片土地的痛点。二者隔得很近，转换也许就只在一念之间。

我们到达安乐溪乡中心小学的时候，操场上已站了许多闻讯赶来的孩子。山里新鲜事不多，我们这些外来的陌生人，像是一个突如其来的石头砸进平静的水潭里，激起了一片涟漪。

像很多山里的孩子一样，这些孩子最初的样子也是含蓄而羞怯的。他们站在离我们几米远的地方，保持着既能看清我们，又随时可以逃走的姿态，眼神里充满了好奇和警惕。

我知道，不出十分钟，这个局面会发生根本改变。随着我们请他们帮忙指点宿舍在什么地方，或帮忙叫一下老师，他们的好客与热情将被激活，而胆怯与狐疑就会被吹得一干二净。之后，他们会主动抢过我们的行李，力大无比且兴高采烈地尽起地主之谊。这种热忱，会持续到未来许多天的游戏、阅读、手工、舞蹈等课程时间里，直至化为临别时拥抱的力度和眼中的泪水，化为相隔千里的电话和志愿者们想再次远赴山里的力量。

所有的场景，与以往每一次支教活动都是相似的。此刻安乐溪乡中心小学操场上的山里孩子和城里来的大学生志愿者像鲜艳的水彩融在一起，生出绚烂的色彩，让高原的阳光显得更加鲜艳明丽。

这时候，一件红色羽绒服在我面前一闪。对，你没听错，是羽绒服，有白色绒领子的那种。此地虽比内地凉爽好几度，但毕竟是夏天，在八月灿烂的阳光直射下，温度并不低，那红色的羽绒服，显然不合季节。

我上前，从侧面看到，这是一个头发微黄但眼睛特别大的女孩，黝黑的额头上渗着大颗的汗珠，正吃力地拎起一个纸箱。她眼睛余光察觉到我的关注，回头冲我笑了笑，既充满善意，又满含羞怯。阳光从她的侧后方打过来，正好形成侧逆光，金黄的发丝随风飘扬着，脸上的汗珠，闪着晶莹的光……

这是一个足以和我看过的众多经典电影画面相媲美的场景。但当时，我关注的点并不在这里，我担心的是当天的气温和她并不合季的衣服，害怕她中暑。

虽然觉得有点唐突，我还是开口问了："你为什么穿这件衣服？"

"因为这是我最喜欢的衣服！"

"不热吗？"

"这是我最好看的衣服！"

显然，我们的谈话不在同一次元。我关注的是温度，她关注的是美观。

这时，一种恍然大悟的惊觉，像电一样击中我的大脑，涌遍全身——孩子将我们的到来，当成一个大日子，穿着自己最美的衣服，盛装来迎接我们。

回望操场上奔忙着的孩子，她们或头上扎着大红花，或夹着大人的发夹，或穿着并不十分合身的红色裤袜。我相信那绝对是他们所认定的最好看的衣饰。这些有可能几年甚至永远看不到妈妈的孩子，从小就会做饭炒菜和干各种农活，没有成年女性教她们如何梳头洗脸和打扮，她们得到新衣服的最大概率，就是春节前回家过年的亲人们带回来的新衣，这些衣服大多是冬天穿的，是她们最好看的衣服。

之后几天，志愿者们临时增加了教孩子们洗头洗脸和衣服搭配等生活技能的课程。平心而论，随着生活水平的提升，乡村孩子们现在穿的衣物，无论样式和质量，都与城市相差无几。而差异，就在于搭配。这是有妈妈教和没妈妈教的差异，而前者往往还会因为被"管"，而身在福中不知福地表现出抗拒和不耐烦。就像歌里唱的那样："这世上有的人一无所有，有的人却得到太多。"

得到较多的人，请多想想那些一无所有的，在提升自己幸福感的同时，别忘了也为他们做点什么吧！

十元钱的红包

　　乡下的表叔又来了，送来两块自制的腊肉和几把面条，还有我们最爱吃但城里菜市场里不易买到的油菜头，临走，还给每个侄孙儿女发一个红包，红包也是自制的，用红纸和带着粮食香气的糨糊黏合而成，上面用毛笔工整地写着孩子的名字及"新年快乐、健康成长"之类的文字，里面装着一张崭新的十元钞票。这是他多年如一的规定动作，在春节前十几天一定要完成，然后心满意足地回家，整个正月不进城里来。因为这样，可以躲开亲戚们给他的孙子发红包。他这样的举动，还包括亲戚们每一次婚丧嫁娶的酒席，他通常是在自己能力范围内，送一份最大的贺礼，但这份贺礼与另外的贺礼相比，也如他的压岁红包与别的压岁红包之间的差异一样，他为了不占一个酒席位子，总是悄悄躲得很远。他不想被人当成"空手套白狼"的穷亲戚。

　　对于被一年比一年更厚的红包撑大了胃口的孩子们来说，表爷爷那个外表土气且身材瘦小的红包引来的轻视与不屑是可想而知的。拿到表爷爷的红包后，性格内敛一点的孩子，将红包在脸上扇

139

扇，做个鬼脸坏坏地笑一下；而性情外露一点的，则撇撇嘴，有声或无声地说一句："抠门。"对于这些银行账户上积累的压岁钱超五位数的"小富翁"们来说，这十元钱的红包实在太小了。在这个以大小论红包美丑的时代，它的不招待见，也是显而易见的，它决定了某些侄孙儿们对这位表爷爷的态度。

表叔也知道孩子们对他的看法，但他从不计较，也不争辩，更不会向孩子们解释这十元钱需要他卖五斤米，这五斤米需要收八斤谷子，八斤谷子需要他在一点五平方米的稻田耕种收割忙活几季，他全家可以凭此过两天的生活。在发完红包之后，他总半是愉悦半是遗憾地离开，让我们心中有一种空落落的感觉。

表兄妹们似乎也有此感，有人曾当面对表叔说让他今后别再给孩子们发红包了。表叔总是笑笑，说："这大过年的，给孩子们送个吉利，添点喜气，你总不能让我们这些穷人，连祝福别人的权利都没有了吧？"他说这话时的表情，平静得让说者在心中暗骂自己混蛋，并忍不住想到这样一个事实：现在，许多人都把压岁钱和春节贺礼搞得跟竞赛似的，你砸过去三百五百，我"报复性"地回五百一千。心里并不完全情愿，而嘴上却笑嘻嘻。这样的结果，是红包越来越厚，而人情却越来越薄，亲情中一些温暖的东西在悄悄地变冷变淡。每个人都在抱怨，却没有一个人愿意从自己开始改变。

表叔坚持给孩子们发红包，是为了感谢城里的亲戚们在他前些年做胃切除手术时对他的资助。他知道，就数量而言，那些钱是他这辈子也不可能还得清的。但他多年来很上心地为我们所做的一切，却是我们永远无法做到的。仅举一个小例，如果让城里的亲戚们给他的孙子写一个红包，估计有七成以上的人，不打电话问一下是难以准确地写出孩子的名字的。而表叔却能清晰地记得。

　　捡起孩子们扔掉的那些写着他们名字的红包，感受表面如表叔皮肤般粗拙的外表，想象此前几天的某个黄昏，坐在夕阳下的小院里制作它们时，表叔缓慢但心满意足的表情。每一个动作，都充满了仪式感——那是一个穷人不应该被轻视的感情与尊严。

我会高兴得死掉

那我一定会高兴得死掉！

这是一个十岁的乡村小女孩冲口说出的一句话。是什么高兴的事，让她觉得可以用"死"来替换？

时间翻回到 2016 年 11 月 18 日，我所在的宜贷网公益志愿者团队参与"四川发布·精神午餐"达州行活动，这一项旨在培养乡村青少年阅读兴趣，为他们提供好的书和老师的公益项目，已使数以万计的乡村青少年受益。

我们此行的目的地，是渠县涌兴镇双凤小学，这个村小包含学前班的孩子，只有三十六名学生，三名乡村老师负责他们的学习。这些学生大多是跟着爷爷奶奶生活的留守儿童，他们中，父母已经离异的，比例占八成左右。

来自小桔灯教师志愿者团队的李兰老师为孩子们上阅读课，内容是讲一本名叫《小魔怪要上学》的绘本，李老师用温柔而甜美的声音，把一个温馨的家庭故事讲得津津有味，整个教室里的孩子，随着故事的情节，开心时笑，紧张时急，伤感时皱眉，老师发问时，孩子们都能在准确的时间点举手，踊跃地说出很有个人特色的答案，并引起一片笑声……

这样的课堂气氛，有点出乎我的意料。因为在进教室之前的才艺表演环节，让我大大地捏了一把汗。与此前去过的几十个乡村小学中那些着汉服朗诵古诗或穿民族服装跳舞的才艺表演不一样，此次双凤小学的表演，是学前班唱《生日歌》，小学生唱《少年队队歌》。这两首最最简单的歌曲，他们唱得并不是每一句都在调上，这与城里同龄孩子们动辄钢琴几级、舞蹈几级的所谓"素质"，相差的已不是一两个起跑线的距离。这样的差异，在他们未来可能遇到的各种决定他们前途的素质测评上，给他们造成多大的困扰和阻碍？

基于此，我对当天的阅读课效果有些小小的担心，怕老师费尽九牛二虎之力，而孩子们却不知道她在说什么。

事实证明，我的担心是多余的。课堂上气氛超好，这让所有参与此次公益活动的人都松了一口气，并暗暗发誓，要把这件有意义的事情一直做下去。

下课时，孩子们依依不舍地聚在李兰老师身边，不肯离开。她们聊起了家常，这些留守的孩子们，短的半年，长的两年没见到过妈妈了。其中一个女孩，她在遐想妈妈给她念故事的场景时，无限感慨地说："如果那样，我会高兴得死掉的！"

这就是一个偏远山区的十岁小女孩可以高兴得"死掉"的愿望——听妈妈讲故事，和妈妈一起读一本书。

五分钟的荣耀

　　成都锦江边的林荫道上，每天都活动着许多老人，他们有的跳舞，有的下棋，有的用背撞树，有的牵着小狗或抱着小孩在那里召开养生会。大家用各自的方式，演绎着"夕阳无限好"的温馨场景，让时常在一旁喝茶看书的我也分享到几许岁月静好的感觉。

　　这天上午，在冬日难得的阳光下，两个我时常见到的婆婆相遇了。她俩的行动轨迹大致一样，都是从东至西，但因为各自的时间不一致，一般无法相遇。今天天气不错，平日走在前的胖婆婆决定在路边的木椅上晒会儿太阳，两个游动的点，有一个固定了下来，相遇的概率大增。于是，她们见面了。

　　瘦婆婆看到路边歇息的胖婆婆，惊异地喊她的名字，并感叹："太巧了，居然在这儿碰到了你！"

　　胖婆婆说："我天天买菜都经过这里，我家就在前面小区。"

　　瘦婆婆说："我每天买菜也从这里过，怎么从来没碰到过你？自从上次同学会之后，又有好些年没见了！时间过得真快啊！"

　　胖婆婆也发出相同的感叹。于是她们开始聊起近况来，当然，话题是从各自手中的菜口袋开始的。菜口袋也像她们的身材一般胖瘦明显，大小分明。

胖婆婆问："你怎么只买这么点菜？"

瘦婆婆："我一个人吃饭，身体又不太好，买三元钱肉馅包抄手也要吃几顿。"

胖婆婆："唉，你真幸福，不像我家里，大大小小一堆嘴巴，凑起来跟个窟窿似的，一只鸡一只鸭一条鱼，眨眼就消失了。对了，你家老王还在日本打工？小桃也去美国读书了？"

瘦婆婆："老王去日本十几年了，他说虽然累点，但已习惯那种生活节奏，不想回来。其实，我知道他是想给小桃和我多挣点钱，让我们好过一点。"

胖婆婆："是啊！老王是个有责任心的人，不像我家老头子，每天只知道喝酒钓鱼。不过，你叫老王也悠着点，小桃读书毕业有工作了，他就不要太累了。"

一说起小桃，瘦婆婆顿时来了精神，她像一台电能将尽的机器突然插上了电，脸上和眼神里都闪出了异样的光彩。她如数家珍地说起了女儿小桃的学位、工作、洋女婿，以及居住地和她至今也叫不清爽英文名字的一对外孙，讲小桃给她买的各种衣服、电视机和平板电脑。说自己每天闲来无事，只能用电脑下五子棋混日子。她说这话时，脸上的幸福和落寞，都很真实。

胖婆婆则更显得失落，她说："你真幸福，不像我，每天就被两个读小学的孙子孙女缠着要吃这样要喝那样的，忙都忙不过来，不过

两个小家伙嘴甜，奶奶、奶奶地叫着，让人忙着累着都觉得舒服
……"

瘦婆婆的脸上，闪过一丝不易察觉的苦笑。她说："你这样……
更好！"

刚才说女儿时脸上闪烁着的红韵和光泽，像断了电的灯泡一样
消失无踪。

也许在她看来，与自己那两个叫不出名字的外孙相比，胖婆婆
身边那两个活蹦乱跳的孙子孙女，更具生活的质感吧！

我看了下表，从荣耀到失落的过程，只有五分钟，而这五分钟之
外，她所付出的和承受的，却是几十年甚至更久的寂寞。

此后，我还看到过两位婆婆如钟表的时针与分针一样，错落地
从我面前走过。胖婆婆精神饱满走路虎虎有声气，而瘦婆婆影子单
薄得让人担心。这不由得让我加重了往日的"杞人之忧"——在儿
孙绕膝的平凡热闹与家人各奔东西的冷清落寞之间，究竟哪一种，
才算成功？有时，我们终其一生所追逐的幸福是否是真正的幸福？

CHAPTER 4

生命就是不断受伤，不断复原

小心被你的"长处"害死

很久以前，看过一篇小说，讲的是有一个人与他的邻居有仇，为了报复，他暗暗实施了一个恶毒而阴险的计划——教邻居家的孩子学结巴说话。邻家孩子每次学着结巴说话，他就故意装作被逗得前仰后合，夸孩子聪明，有表演天赋，时常做陶醉和佩服状，有时甚至给他发糖作为鼓励，使得孩子将结巴作为一项显示自己聪明的才艺，时间久了，孩子便再也改不过来了……

这个人显然是懂得人性中最重要的一个特性，即每一个人都是有"聪明瘾"的，当一个人某方面的长处，被周围环境认可并将它作为一种特征给予标注的时候，这个人便有意无意地会被这个特征鼓励甚至绑架，将这个特征发挥到淋漓尽致。

比如，某人能说会道，某人厨艺精湛，某人脑容量大，某人游戏打得厉害，某人追番量大，某人"狼人杀"玩得好，某人舞跳得炫，某人酒量"凶猛"等。这些标签，一旦贴在人身上，宛如给小怪兽贴上了符咒，眨眼之间便特征分明。连阿 Q 被人贴上"真能做"的标签时，也容光焕发，春米更加来劲。

当一个人将某项技能和长处作为自己的特征时，他便会乐于享受它带来的快感，并且有意无意地强化它。比如，某人常被人们夸赞聪明，他也很享受被夸的过程，一有机会就会展示这种聪明；没有机会，创造机会也要展示，而为展示而展示的聪明，往往离愚蠢已非常近了。

于是，我们就常常看到这样的场景：被表扬书读得多的，每个话题都跳出来给别人"斧正"，直至把天聊死；歌唱得好的，常常不自觉地成为麦霸，抢着一首一首地唱，直至让同去卡拉 OK 厅的人索然无味；酒量大的，一上酒桌仿佛斗士上了战场，所有人则成为他必欲攻克的对手；力气大的，三五句话之内就能邀约对方来一场掰手腕比赛……

所有的事，必须以场景和时间为前提。在对的时间和场景之下展示自己的长处，是推介自己的好方法，反之则不然，甚至有可能将事情往相反的方向推。

我年轻时就干过这样的蠢事：那时，我热爱诗歌，于是天然地以为这个世界上所有的人都喜爱诗歌。在我生活的只有四五百人的小厂里，我的诗写得最好。这就相当于在只有一个人参加的跑步比赛中常拿冠军一样，本不属于什么值得炫耀的事。但遗憾的是，那时的我，并没有这份自知。在人们半真半假客套加搪塞的表扬之下，我居然就以为自己的诗真的写得不错。这本也无可厚非，但因为自认为"诗写得不错"而干出的种种荒唐事，就滑稽透顶了。譬如，不择时间地点和受众，随时从口袋里掏出诗稿来，装出向人讨教实际是炫耀的样子，以及自以为自己已是"诗人"，不应该在轰鸣的机器前劳动，时常嘴里发出厂领导不重视人才的牢骚，甚至用糖哄小孩子来听我念诗，等等。这些行为，让我变得古怪而搞笑，直至有好朋友实在看不下去了，悄悄提醒："你不要动不动就和人谈诗，连守门的和铲煤的都不肯放过，大家都有点怕你了……"

这一声出乎意料的晴空霹雳，无疑是一剂清醒剂，虽然疼痛而尴尬，却让我明白了自己陷入的认知误区——被自己所谓的优点和长处绑架，为"长处"而"长处"的行为，其实是笨拙和滑稽的聪明瘾。当然，这并不包括那些真正有才华并执着于修炼才华本身的人。

所谓被"长处"绑架，实际上是被"长处"的表象蒙蔽了对自己缺乏客观认知的表现。而破除这个魔障的唯一方法，就是认清真实的自己。这是一个说起来简单，实际做起来却很难的事情。

酱油可乐

在一次"如何讲好故事"的公益培训课上，我认识了一位从事乡村教育的志愿者，她给我讲了一个故事。

那是多年前的一个夏天，师范快毕业的我到一个公益组织学习，被派到位于成都红花堰的一所民工子弟学校实习。当时社会舆论正激烈争论着这类民工子弟学校存在的必要性与合法性。有观点认为该拆，有观点认为应该扶持。在争议声中，学校像风雨中的小船一般，岌岌可危，飘摇不定。

学校的校长是个悲观的乐天派，他对学校不明朗的前景，充满了焦虑与恐慌。但他心里坚信自己正在干的是好事情，希望社会给学校和孩子们一条生路。正是基于这个原因，他一直认真紧抓教学质量的管理，每年都搞统考和"三好"评选。当然，考卷和奖状都是"山寨"城里学校的。除此之外，他还搞些社会实践，包括带孩子们进城学习坐公交车，参观大商场的厕所，去红绿灯口看信号过马路……

我所讲的这个故事，就发生在四年级的一次社会实践中。事情

154

的缘起是班上几个同学为城里人做饭烧什么而发生的争论。一个来自偏远山区的女生在闲聊时说起了自己对城里人生活的困惑——楼那么高,柴怎么运上去? 她的想法受到另一个来自不那么偏远的地区小孩的反驳,那孩子说:"城里人烧饭哪会用柴? 当然是用天然气,一罐一罐往家里送,接上管子一开就燃,又方便又没柴烟。"也有孩子反驳他,说天然气是用管子输送的! 但具体怎么输,他们说不清楚。

这场争论恰好被路过的校长看到了。一想着城里同龄的孩子们争论的飞船怎么上天,电脑芯片怎么植入人体,无人汽车怎么驾驶,他内心有种酸楚感。他最不喜欢的一句话就是"不输在起跑线上",但此刻,他还能找出什么话比这句更准确地形容眼前的场景呢?

于是,就有了那场旨在参观城市电梯公寓的活动。参观的地方,是一所城里普通得不能再普通的电梯公寓,这座城市至少有一万幢、上百万间这样的房子。其中一间是校长的女儿在城里工作按揭买的,刚装好不久,正好派上用场。

那天,孩子们对城里人如何煮饭的疑问得到了彻底化解。但这些都不是重点,重点是,在离开公寓时,有个老保安小声对我说:"你说这些是民工的孩子?"我点头。老保安小声说:"那你们恐怕要费心好好教教,你看,这么好的可乐,喝都没喝就扔掉了!"

他递给我一瓶可乐,满满的。

"你确定是孩子们扔的?"

"是的，我看到一个小姑娘躬下身子放到垃圾桶前的，我虽然年纪大，但眼还没花！"

我接过可乐瓶，放到包里，准备回去的时候对孩子们讲讲关于节约的问题。

回学校，把可乐瓶放在桌上，去洗脸擦汗，回来时，却见邻座的薛老师板着脸看我，左手拿着水杯，右手拿着那瓶可乐，埋怨说："以为你进城给我们带了可乐回来，不想却拿瓶酱油水来捉弄我们，你太坏了！"

我拿起那瓶"可乐"一闻，确实是一股酱油味儿。这时，我突然明白它为什么被扔掉了。很显然，难得的一次集体活动，孩子们都自备了饮料和零食，而其中有一个小女孩，因为没要到钱，就用酱油兑了一瓶色泽相似的"可乐"，以掩饰自己的窘迫。这是一个穷家孩子的自尊心，在它面前，我又怎么有资格给她们讲什么叫节约？

这件事过去了很多年，并成为我当上为乡村教育服务的志愿者的原因。每当面对来自贫穷地区的孩子们时，我就会想起它。还有那些为城里是烧柴还是烧煤煮饭而引发的争论，反正，我是无法把它们当笑话来听的。

扮　阔

　　母亲住院，与乡下来的齐嫂邻床而居。齐嫂是个胖胖的中年妇女，据说患的是先天性心脏病，病情用科学术语说起来很绕嘴，通俗来说，就是心脏缺了一瓣，如果再不手术，就会要命。

　　齐嫂并不是不怕死，但一听医生说要十万元医药费，死，顿时就不是什么可怕的事情了，她无论如何都不愿在医院再待下去，呼天喊地要赶紧出院，她说："哪有那么严重？我出生时，医生说我活不到十岁；我活过十岁，医生说我不能结婚；等我结了婚，医生又说我生不得娃娃。如今，我的娃娃都三十好几了，可见，我的命硬，命硬！"

　　她说这话时，脸上的肌肉因胸口的间歇性撕痛而抽动着，脸色苍白，嘴皮发黑，让人感觉像一台电量将尽的电动玩具，随时都会断电。

　　医生无限焦虑地说："你不要不相信，你如果不做手术，我敢保证你看不到儿子娶媳妇抱孙子。"

　　医生这话，如点中穴道一般，她不再吵闹了。

　　像所有母亲一样，儿子就是她的死穴。在普遍早婚的乡下，她这个年纪应该当奶奶多年了，但他的儿子，却因为这样那样的原因，始终没把媳妇给她领回来。虽然儿子一直不承认，但她知道，一定是因为家里经济条件不好，姑娘们不愿意来。如果她这手术一做，那儿子的媳妇，又不知要等到猴年马月。

　　说起她的儿子，顿时让人有一种头痛的感觉。与母亲的富态相反，小伙子瘦小的个头，黑黑的皮肤，尖削的小脸，无论从哪个角度都让人感觉不出亲切。据他母亲讲，他早年在建筑工地打工，后来去学开装载机，到河边沙石厂装沙去了。而后续的版本，是他的老大见他能干，就把沙石厂交给他管理了。

　　同病房的病友们对他的出现，包括我在内，都有一种紧张感，加之他脖子上的金链子，手上的蜜蜡手串，在敬而远之的基础上，还多了几分厌恶。特别是他在病房里粗声大气地对着母亲吼："不要舍不得吃，每顿一定要买最好的吃，别心疼钱，我有！"话音未落，一沓钞票就拍在母亲的枕边。

　　这样的场景，让人紧张的同时，又有些欣慰：虽然小伙子的暴发户形象令人厌恶，但齐嫂做手术的顾虑应该打消了吧？大家安慰齐嫂，齐嫂忧心忡忡地点头又摇头。

　　大家进一步安慰她，说她儿子有出息，不必等她用命换下来的钱去娶媳妇了。她苍白的脸上，才露出难得的笑容。在得到所有人的肯定回答之后，她同意做手术。

　　在她进手术室的那天下午，同病室的几个病友和闲得发慌的家

属们开始聊八卦。他们不约而同地扯到了齐嫂和她那个暴发户的
儿子。

张婶说："我觉得齐嫂的儿子没什么钱，他那链链好像是工艺
品,镀金的,我旅行时见过……"

王小妹说："他的智能手机,只是机模,就是卖手机用的模型,你
看他拿在手上,什么时候响过? 他打电话实际用的是老式旧手机,
总躲着人打。"

陈大爷："他给人发烟是中华,自己抽的却是几元一包的……"

看着他们说得热闹,我也忍不住说了自己看到的情景。昨晚,
在天台上,我听到他在电话中求老板借点钱给他,老板不仅没借,还
因为他请假太多炒了他。他从头到尾都只是个开装载机的小工,并
不是什么老板。

我清晰地看到他跪在楼顶,面对城市的夜色,伤心地哭喊："我
只有一个妈妈,无论如何,我都要救她!"

整个下午,所有人仿佛都失去了说话的能力。病房从未有过那
样的安静。

盼　头

　　我有一个小兄弟，早年在装修工地给人刮仿瓷。那些年，做装修还不像现在这样，可以领到让白领们羡慕的高工资。他干的，基本被看作最脏最累最没有前途的工作，每天下班，从头到脚，从衣服到鼻孔，都装满白白的灰。但他却是我身边最不自怨自艾的人，有时看起来，甚至比做生意或当小公务员的同学或朋友，都显得轻松快乐些。究其原因，可能他是一个对生活有盼头的人。

　　他的盼头不是什么宏大而遥远的目标，比如挣一笔大钱在城里买房买车娶个漂亮老婆。目标的美好程度与实现难度，与它带来的焦灼成正比。离自己太远的，就不是盼头，而是梦想。而梦想，大多都是无法实现的。偶尔来一个，可以打打精神牙祭，但如果长期沉浸其中，保不准就会把自己搞成往天上吐口水的精神病人，除了让自己不痛快，便再无别的用处。

　　我这位小兄弟的盼头，是微小而具体的：有可能是下班后回到农家小院里冲个冷水澡，然后吃半斤卤猪头并喝上二两桂花酒；也可能是追两集正在热播的某部电视剧，等着昨晚制造的某个悬念今晚能得到解答；还可能是嫁到邻县的姐姐突然带着外甥女回家，给他做了一桌让他想起童年时光的饭菜；或者是电视彩票开奖，他那张永远只买一个号的彩票中了个尾奖……这些，都是他心中小小的盼头，因为有了它们，他才觉得生活过得有滋有味。即便在周围人的眼中，他的日子是那样寒酸卑微。好在，他不像有头有脸的人那样在乎自己在别人眼中的样子——酒喝在自己肚子里，是冷是热是甜是辣，只有自己知道。

正是因为有了这些具体而细小的盼头，漫长而无聊的人生像被加了标点符号一般，不再显得冗长和无望。这也就是他作为我身边地位和收入并不高，而获得感最强烈的人的原因。像在一眼看不到底的旅途中不忘记看沿途风景的人，遇到雪山高兴，看到落霞高兴，碰到无论是星空还是雨雪，都将它当成风景，一一欣赏。

相比于那些身在高位，却不再有任何惊喜能突然撞入心灵的官员，或坐拥巨款吃嘛嘛不香，玩啥都没有兴致的阔人，或被生计目标压得抬不起头无暇顾及生存以外任何问题的穷人，仿瓷小兄弟那些小小的盼头，也许是卑微寒酸甚至多余的。但在我眼中，他吃得香、睡得好、每天都哼着小曲的生活状态，对很多人来说未尝不是一种奢侈。这种奢侈，不是用钱可以买到的，而只是换了个看世界的角度。

老天爷也并不总是用困苦的生活考验他的心智。几年前的某一天，他作为盼头拿来哄自己开心的那一个彩票号，居然中了五百万。他一夜之间解决了几乎所有问题。就在我慨叹他今后的盼头会更高更大的时候，他跑来请我喝酒，依旧是卤猪头、桂花酒，我杞人忧天地提醒他不要失了那些盼头，他憨憨地笑得跟熊一样……

　　每当有人叹息人生无趣，或报纸上登出又有多少大学生感叹"人生没有意义"的调查结论时，我就会想起他不好意思地摸头憨笑的样子。但愿那五百万，不会灭了他对生活的想象，和那些令他感觉生活还有点意思的小小盼头……

你站在潮流的哪边？

不容否认的事实：我们正站在一个有史以来最火热的创新创业时代。互联网正在以最强的力度重构我们的社会结构、商业模式、思维方式和行为模式，甚至人类进化走向。就像大航海时代地理大发现对人类的影响一样。如果没有哥伦布那一轮的发现，可能我们连回锅肉都没法吃到，因为辣椒就是那一次大发现中的一个副产品。

但并不是每个人对这个大时代和发展潮流都有合理的想象和理解。在创新的大环境下，也有另一种思维和行为方式与之对立。且让我们看一个小小的故事：一百五十年前的美国，出现了一篇奇文，这篇文章叫《蜡烛制造工匠的请愿书》，作者代表蜡烛、灯芯、灯笼、烛台、灯台、灯罩、动物油、树脂、酒精生产商向政府和民众呼吁，重开1845年和1851年大英帝国已废除的窗户税和玻璃税，禁止太阳入屋，以保证他们所在的照明行业的利益。在石油还没有大规模开采之前，这些产业曾主宰着城市的照明。当然，他们的主要竞争对手不是太阳，而是当时初露头脚并越来越被公众认可的煤油灯。

除了请愿和制造舆论，他们还不断地把因不当使用煤油灯而造成的火灾与损失变本加厉地夸张成缺陷和灾难，以阻止它的流行。

但结果怎样呢？有目共睹。

历史曾无数次地将这类开历史倒车的人变成一个又一个笑话，但却并不妨碍在每一个新生事物面前，总有一些出于既得利益考量或对新发展趋势确实迷糊的人做出各种荒唐事情。比如，与汽车和火车比赛的马车夫，与蒸汽机比赛工作效能的纺织工，以及与阳光和煤油灯较劲的蜡烛商。而这次胜出的煤油灯，在其后面对电灯的出现时，也干了几乎相同的事情。之后，电灯的发明者爱迪生，也犯了几乎相同的错误，为了捍卫他一手建设起来的直流电照明体系，他不遗余力打压和诋毁交流电体系的发明者特斯拉及其技术，为了渲染其可怕效果，他甚至发明了电刑椅，还当众用交流电电死了一只大象。这并没有改变交流电成为人类主流的用电方式。在马车夫们的抗议和反对下，美国甚至出台过"汽车不能快过马车"的荒唐法律规定。

然而，那又怎么样？

这样的例子数不胜数。早年，我看过一部名叫《品质》的小说，讲述的是一个坚持品质，把鞋做得既结实又耐用的皮鞋匠敌不过机器生产的皮鞋和人们朝秦暮楚的审美取向，最终饿死的故事。我曾对他的这种品质，抱以深深的敬意和感动。但现在，却觉得那位皮鞋匠的坚守，未尝不是一种对惯性的固守，像刻舟求剑一般，时代之船已走了千里之远，而他还在一个地方固守和坚持，这既可以视为一种悲壮，也可以看成一种僵化。这些作为个人选择，本无可非议，只要他愿意承担由此带来的后果。但如果他正好是一个行业的管理者或一个企业的决策人，可以决定一个产品或一种业态的走向和生死时，就不是那么简单了。

事实上，这样的例子是不胜枚举的。比如，曾经红极大半个世纪，统领人类摄影技术潮流的柯达公司，在数码影像的大潮面前，顽固地坚守胶卷冲洗这一传统的既得利益，甚至雪藏了他们率先发明的数码摄影和冲洗技术，以为捂住耳朵就可以阻止自己不喜欢的数码革命时代的来临。这种像鸵鸟那样把头埋在沙里就以为危机不存在的滑稽相，也发生在摩托罗拉等曾经风靡世界的巨无霸身上。

这种状况，也体现在社会管理的模式上，比如某些经济决策机构，在市场经济大潮面前，不是顺应市场的调节与自净能力，而是向往垄断和可以把控的秩序。一些政策管理者，在互联网时代，信息渴望自由流动的状态下，无休止地加码管控，与潮流和大势为敌。于是，每当有新生事物出现，以管控和压制为前提的所谓新规就会出台⋯⋯

时代的大潮就在面前，你究竟站在哪边？

今天所有的伤，都是明天的勋章

　　我最喜欢诗人席慕蓉的一句诗："生命原是要不断地受伤和不断地复原。"但第一次读到时，并不知道那是她写的。

　　那一年我十八岁，正是为赋新词强说愁的时节，在朋友家里结识了一个小我一岁同样也喜欢诗歌的女孩，之后，我去了异乡读书，我们在短短的七个多月中，通了一百四十多封信，她经常在信中给我抄首小诗，我对文学的热爱，也由此而始。我们写过的那么多信究竟写了些什么，至今，我都忘记了，唯有这一句，印象深刻，且在我诸多次遭遇挫折甚至落到绝望境地时，自然跃入脑海，治愈伤口。她在信中说：今天所有的伤，都是明天的勋章。读明白这首诗，并且坚强地活下去，你就能将人生中受到的所有伤，变成一枚枚勋章……

　　后面，便是这句诗：

　　　　生命原是要

　　　　不断地受伤和不断地复原

　　　　世界 仍然是一个

在温柔地等待着我成熟的果园

这是我大半生读过的诗歌中最不"文学"的一段，却是一个萌芽与开端，它用浅白的语句，告知我"生命原是要不断受伤不断复原"的常态和真相，让我在面对一切困苦和磨难时，都以平常心待之。同时，又给出了"世界仍然是在温柔等待着你的花园"那样的希望。这希望，如暗夜中的星光，虽不足以驱散黑暗与绝望，却能让人不失去前行的愿望和勇气。

这是我那一段朦胧初恋赠予我的最重要的礼物，伴我度过人生中最困难的那些关口。我一度甚至认为，那个从我生命中一闪而过的女孩，就是为我捎这个信儿而出现的。

之后的人生，我遭遇过无数艰难困苦，甚至灭顶之灾，而每一次绝望的时候，这首小诗就会自动回响在我耳边，让我坚持一步步走下去，并把一道道伤疤，变成了一个个人生的勋章。

生命可以卑微，但不可以妄自轻贱

我刚到成都打工的那段日子，和妻租住在猛追湾东街6号的半套老房子里。房东婆婆投奔女儿去了，把老家具收罗到一间房里，把余下的另一间和厨房阳台及卫生间租给了我们。虽然老旧的房子再加终年锁上的那道阴黑的小门给人一种神秘诡异的气氛，但好在房租便宜，而且没有与人合租的烦恼，因此，我和妻在那里度过了两年多寒酸而幸福的日子。当然，这幸福里也包括大战蟑螂军团，与老鼠斗智斗勇，半夜被装着古老家具的空房间里传出的细碎的声音惊醒等不那么浪漫的故事情节。

阳台上房东婆婆留下了几盆植物，大致是葱和仙人球之类，不名贵也不美观，而且半死不活的样子很符合我不得意的"新闻民工"的身份。我在冬冷夏热的阳台上写稿时，偶尔抬眼望它们，能够看到一点点的绿意，对我而言是莫大的欣喜和安慰。在这浩大的城市里，一扇小小的门里，至少有几棵如我般身世低微的植物，在等待我回家，并在我疲惫的时候，对我投以微笑，向我表达善意，像宠物也像孩子。这些，当年的我都没有。

正是基于这个原因，我在忙碌之余，担起了养育它们的业务。所谓养，也无非是在奔忙之余偶尔想起给它们浇杯水，或在煮饭时将淘米水留给它们打牙祭。我这种惠而不费的养育，居然得到了超乎想象的回报，煮面炒菜不缺葱，自不在话下。枝干枯萎、叶子灰白的茉莉，居然开出了星星点点散发着香气的白花。而最让我惊奇的，是那两个一直空着的盆子，我每一次浇花时，不知是出于什么心态，总是顺手往里浇上半瓢水，我总觉得，如果那盆土不干硬板结，也许总能长出点什么吧。我曾见过在混凝土铺成的广场上绿豆大小的一粒土上长出的一棵草。我希望我的空花盆里，也能长出点什么东西，让我惊喜一下。

正是怀着这种有点滑稽的执拗，我一直干着看起来很蠢的事——给空花盆浇水。好在阳台上没外人看见，而老婆早已习惯了我神叨叨的行为。

没过多久，奇迹发生了，两个空盆子里各自长出几枝嫩嫩的苗，红的梗，绿的芽，像刚出生的婴儿，颤巍巍地与世界打着招呼。那几天，我奔忙得焦头烂额，错过了她们降生的那一刻。当她们娇弱地站在我面前的时候，我的欣喜是难以言表的。

对于生物考试经常不及格的我来说，判定她们的品种和门类是一件困难的事。她们是从哪来的？是被风吹来还是被鸟儿带来？抑或是原本就蛰伏在土里？但总有一点是可以肯定的，那就是她们的出生与我莫名其妙地往空盆里浇水有关。正是基于这个原因，我对她们就有了一种神圣的自豪感，这与她们的品种和名称无关，就像昆仑山雪原兵站里士兵们用罐头瓶养蒜苗，只要看到一丝丝生机和绿意，就欢喜不已。那是一种父母对孩子才有的养育情怀，当时的我自然不懂这些。

小苗以超乎想象的速度苗壮成长。很快就从嫩苗，长成了有骨节的枝干。这更是激起了我浇水的热情。在那个忙碌而闷热的夏季，给这两盆不知是香花还是杂草，甚至是扎人的毒刺浇水，并看着她们投桃报李地疯狂成长，是我每天疲累之后难得的休息和安慰。

小苗拔节、成长，像传说中从竹子里蹦出的小仙女，吹风长一截，淋雨长一截，闻到好闻的花香，又长一截，渐渐长成了两株葱郁的植物，阔阔的叶子，粗粗的骨节，丑丑的却自我感觉良好地站在那里。在一场大雨之后，她们把两束巨大的惊喜，摆在我面前。

当我从一夜雨声惊扰得残破的梦中起床，打开窗户时，迎我的，是一片紫色的小花。像一个个小喇叭，兴奋而调皮地向我展示着她们的存在。这场景，很像几年后女儿满岁时第一次可以独立站起来，推开大人扶她的手，自己给自己鼓掌的场景。

我守护的不是毒草，更不是笑话，而是两丛美丽的胭脂花。这种花通常长在田边地角不为人注意的地方，因其常见和普遍，很少有人将它装起来观赏，就像没人将鸡用笼子装起来观赏那样。但这种在乡下随处可见的花，在城里却不多见，因为城里的苗圃和花坛容不下她们这些不名贵的花，在城市的花园里，只要一冒头，它们就会因长相独特而被扯掉，扔在水泥地上晒干。我不知道，面前的这两盆花的种子，是在经历了什么样的艰辛与磨难后，才辗转来到这两个空花盆里，遇上一个愿意往空盆子里浇水的我，她们终于在城市的一角开出了满枝美丽的花，以此向世界证明自己的存在。虽然，她们的舞台，只是一处即将拆迁的老旧阳台；她们的观众，只是一个和她们同样找不到观众的写字人。

这两盆胭脂花一直跟着我；无数次搬家，我都不忍舍弃。直至后来搬进不怎么见得到阳光的电梯公寓，她们也依然按照自己的节奏，春天发芽，夏天开花，秋天枝叶枯断，冬天则变成一个不起眼的空盆。但我知道，土下埋着满怀希望的生命，只要一遇上合适的时机，她就会开枝散叶，灿烂无比。虽然，这种灿烂无法与牡丹的富贵、玫瑰的娇艳相比，却是属于懂得欣赏并从她们身上得到启示和感悟的人的。我，就是其中之一。每当面对痛苦绝望甚至翻不过的坎儿时，我就会想起那两盆弱不禁风，却又坚强无比的花；心中没有希望，如同花盆中已没有了种子，即使放到温室里，每天用高档营养液浸泡，又能怎样？

生命可以卑微，但不可以妄自轻贱！

这是一盆胭脂花教我的道理，来自我往空花盆中浇水的机缘。佛说：一个人一生所遇到的人，都是命中注定必然遇到的，他会教你懂得你应该知道的道理……

花又何尝不是？

我保证，这辈子最后一句话是：我爱你！

　　小侄女兰儿来成都，告诉我她的祖祖也即是妈妈的外婆于前几天去世了。这位享年九十二岁的老婆婆，是我生命中对我好的人，能发自内心地替我的所有"好"高兴，甚至能把我的不好，也溺爱性地看出些好来。上一次得到她的消息，还是她的外孙女儿——我的姐姐为我传来的照片，她正在看我的新书，九十多岁了，没戴眼镜，一脸高兴的样子。我们还相约，下次回老家，找个时间去看望她老人家。

　　人生中的许多事，就这么匆忙而无奈地成为定局。在我永远以为还有明天而不断改变计划的时候，我以为永远会在那里等我的老婆婆，并没有等我。不是她不想，而是一颗突然爆破的血管瘤阻止了她。

　　这样的遗憾，在我的记忆里还有许多：几年前，我非常尊敬的一位老师去世了，而在他去世前一天的那个下午，我还在学校家属区门口看到过他。他当时正专注地盯着一桌麻将，我没好意思突兀地去打搅，想想平常见面也不是什么难事，不想那一别，竟成永诀。如果知道那是最后一面，我无论如何都应该上前和他说上几句话。

　　还有另外一位老兄弟尹鸿伟，他在《南风窗》工作时因一次采访与我相识并成为好友，他住昆明，我住成都，偶尔因公因私互动一下。前年我去昆明，他打电话，约我出来吃米线，当时我正在参加一个活动，加之自认为来日方长，于是错过了。不料那次之后，他查出绝症并很快去世。我在昆明错过了最后一次与他把酒言欢的机会，错过了他疾恶如仇且妙语横生地讲述曝光贪官的故事。而最悲伤的是，我放弃见面机会的原因，竟是一个至今连一点画面都想不起来的所谓活动，其间，我坐在嘉宾席上，无聊地蘸着茶水在桌上画兔子……

　　说到这里，不由得想起另外一个好兄弟金波。这位我在天涯社区上班时的同事，虽然年仅三十多岁，却是大伙公认的责任担当者。那几年天涯社区最具胆识和冲击力的专题，大多与他这个负责内容的副总编有关。2015年年初，我因一个剧本的事赴北京，他在朋友圈看到我的动态，留言说有空去坐坐。我知道，敦厚朴实的他，断不是客套。但因为行程太匆忙，加之不太想在寒冷的北京城给朋友和自己添麻烦，于是回了句"来日方长，后会有期"，谁料，三个月后，在下班途中，他倒在地铁站，再也没起来……

　　这些不经意的错过，不想竟成为永远的遗憾。而随着这种遗憾的累积，我也渐渐能够理解以往不大能理解的一些老年人的奇怪行为，比如，我的老外婆，从七十多岁到她离世的八十三岁，与每个晚辈的告别，都像是永别一般庄重而依依不舍，总是搜肠刮肚地将自认为最周全的交代和最美好的祝福都说完。当时，我们都把这种庄重，当成一种杞人忧天。不料，在她去世那年，我却远在几百公里外的重庆，当我以最快的速度赶到她身边时，她的身体已经僵硬冰凉。我没能见上她老人家最后一面，但她的嘱咐和告别分明又在耳边回响。

因为不可再见，所以告别变得庄重。因为庄重，我们生命中原本并不显眼，甚至不起眼的细节与话语，会变得闪亮生动。平凡枯燥的生活，也因此变得鲜活起来。

一位老前辈，每晚临睡前都要亲吻妻子，并对她说"我爱你"。他说，我不敢保证老迈的我在明天早晨能够醒来，但我敢保证，这辈子对妻子说的最后一句话是：我爱你！

这，应该是经历了"错过"的遗憾，最终生发的感悟吧！

她不会鄙视你

在四十八年的人生中，我遭遇过无数丢人的事情，其中令我最感屈辱的，就是即将要讲的这一件。

那是 2007 年，在报社加班到农历正月初一的我带着妻女和岳母一起到昭觉寺车站赶班车回老家什邡。其时，高峰已过，售票窗口只短短地排着三五个人的队伍。

我很快就排到窗口，正准备将钱递进去时，突然，从旁边横空伸出一只手来，把钱抢先扔进窗口，随即，肩一蹭屁股一撅，将我挤到第二的位置。

加塞插队的人见得多了，但这么嚣张霸气毫无违和感和羞耻心的，还是第一次见到。我忍不住提醒他，总共只有三个人，没必要这样插队。

如果换往日，这样小声提醒一下，插队的人通常会知趣地离开，或找个"我问问"之类的理由搪塞一下。就是脸皮厚的，也不过就是往旁一站，笑着说"你买吧！"然后静待下一个不发声的旅客，顺势再插进去。

　　而这位老兄却一反常态，一副仿佛他是被加塞者一样，对我发出挑衅的质问，意思大致是"加你塞又怎么样？再多嘴信不信我给你'封印'"。

　　所谓封印，是指四川某些地方的老风俗，除夕夜大人要打小孩一顿，对一年的错误来一次总结性处罚。

　　被人无端加了塞，还被抢白和侮辱，而恰好又是大年初一，这霉头触得让我一时有点反应不过来。一向还算能言的我，竟被这种完全超乎想象的无耻给搞懵了，一时半会儿竟没找出合适的言语回他，只是向售票窗口喊："他是加塞的，不能卖给他！"

　　这孱弱的反击，立即引来对方更加狂暴的反应，他一掌推到我的胸口，将我推出队列，然后撩袖握拳，准备向我出击。

　　平心而论，架我不是没打过，但最近的一次与别人用武力解决问题，也是三十年前的事了。之后，我基本信奉"有话好好说"的原则，相信大多数道理都是口舌能讲清的。

　　在他推我的那一刹那，我闻到一股浓浓的酒气。我只好向旁边的工作人员求助，并希望他们叫值勤的民警来解决。

　　那家伙见管理人员没动，更加来了精神，连续在我胸口推了几掌，将我推离窗口几米远，然后回到窗口，怒目吼出他的目的地"金堂"，命令售票员卖票。售票员不想惹麻烦，快速而小心地把票交到他手上。

　　我想再上去和他理论，妻将我拉住，说："大年初一，别计较了，让他先买吧！"

碍于妻的手和女儿的眼睛，我停下来，怒目看着那个恶人潇洒地哼着小曲拿票走人。

照说这个故事大致就画上了句号，我们也买票上车，虽心里装着老大不痛快，但欢乐的节日气氛和远方等待着我们的亲人，足以让这不愉快逐渐淡化消融。

但狗血的故事往往会有一个狗血的结局。那天可能该我倒霉，遇上一个奇葩。在我们上车静等司机开车的时候，我远远看到那个家伙正一辆车一辆车地寻了过来，不知道他觉得欺负我欺负出了快感，还是错过了发车时间，或加塞被阻受了同伴的揶揄。总之，他怒气冲冲地一路寻了过来。

妻知道我已经快忍爆了，把女儿塞到我怀中，让我坐好别动。

这时，那恶人已寻到我们车上，一眼看到我，冲上前来，用手戳着我的额头，嘴里嘀咕着："110，你要打110，有脾气你就打，老子也是有光荣历史的人！"

所谓"光荣历史"，跟"上过山"之类的说法一样，是进过监狱或"劳改"过的黑话。

他的手在我额头上戳着。

在大年初一！

在我的女儿和妻子面前！

我的愤怒也到了极点。他成功地在几分钟之内，将我变成了和他一样的无耻之徒。

这时，妻已看到了我羞愤难当的表情。她一手按住我，一手把那家伙推开，厉声吼斥道："你插队还有理了？不要太过分了！大年初一，都好好回家过年吧！"

我想挣扎起来，妻死死把坐在身上的女儿摁住，我被挤在狭窄的座位上站不起来。

这时，我们车上的司机动了车，而周围的乘客也在劝那人，说："人家让着你，不要不知趣，快回家过年吧！"

见我被激怒了，车也发动了，周围的人也开始声讨，那人的酒似乎醒了些，嘴里骂骂咧咧地下了车。

这是我这辈子最感屈辱和丢人的时刻——一个男人，在自己妻女面前被无故羞辱，竟然还要平时一说话就会脸红的妻子挺身相救，这实在太丢人了！

车驶出了车站，我却羞愤未平。

妻拍拍我的手说："我知道你想干什么！"

我说："我觉得太丢人了！"

她说："我不觉得！"

之后，便没再说什么。一直坐车回到老家，坐到母亲做的满桌菜前，妻小声对我说："我真的不觉得丢人，男人不仅要有武力，还要有理智！"

"可是，我没能保护到你们！"

"我不觉得，如果当时一直纠缠下去，或你做出所谓勇敢的事情，说不定我们这阵儿还在派出所或医院里呢！"

"但是，女儿会怎么看？"

　　"你放心，她不会因为你没有和一个醉鬼拼命而鄙视你的！"

　　她说完，把一片红彤彤的香肠夹到我的碗里。

　　人常说"选妻就是选命运"，在经历了这件事之后，我觉得这句话特别有道理。这也许是老天爷在那个正月初一搞这个恶作剧，想告诉我的东西。

　　有时，勇敢不一定是做了什么，而是没做！就像面对疯狗，冒着被它咬伤的风险战胜它并不光荣，而与它同归于尽，则更是愚蠢。

　　那天，老天把一道难题摆在我面前，我答得很不好，幸好，妻帮我修正了答案。

自由很多时候像孤独

这几天，我脑海里一直游荡着一条鲸鱼。那是几天前从广播里听来的一段凄美故事的主角，它是一只能发出五十赫兹音频的巨鲸，因为声音太过于独特（通常鲸们的联络声频只有它的几分之一）而无法找到同伴，已经在茫茫大海上独自游弋了三十多年，孤独地唱着没有应答的歌，慢慢地老去，直至某一天再也游不动也唱不出，就会沉入黑暗的海底。它庞然的身躯与长达几十年的游动与歌唱，像大海中任意一个消失的浪花和泡沫，仿佛从来就没有存在过。

其实，我们每一个人，何尝不是这样一条孤独的鲸鱼。茫茫人海，何尝不是一大片永远游不到尽头且深不见底的大海。我们终其一生的奔波与挣扎，难道不是那样一场没有听众的孤独巡演吗？

在电影《麦兜响当当》里，有一段看似顶不重要的片段，讲述的是"中国最不重要、最不重要的思想家麦子"在一千多年前发明了一种"吃饱了撑"的"电话"，但悲催的是，第二部电话，要一千年之后才

181

被发明。所以，麦子从发明电话那天起，一直等啊等，到死都没有接到一个电话……

这当然是当成笑料拍出来的，但我却从中看出了笑不出来的无奈，甚至如五十赫兹鲸的故事那样……

与五十赫兹鲸不同的是，同样孤独着的人类，并不是独自游在望不到边的星辰大海上，而是走动在人潮攒动的大街上，各自抱着手机乘地铁，在亲人们各自守着一个屏幕的家中，在彼此客气又形同路人的单位里，在红酒与荷尔蒙混杂的酒吧中，在一言不合就割袍断交的微博上，在不同意我的观点就是敌人的 BBS 里，在不看文章就点赞的公众号和社交圈中，在聊天气预报都无法取得共识的亲人之间……

有人认为，孤独与不被人理解是伟人和成功者的专利，大家似乎也认可了"无敌是寂寞的""高处不胜寒"。但事实上，这种孤单与寂寞，像空气与水一样平等而无差别地加诸所有人。谁也说不清楚，站在金字塔顶的孤家寡人，渴望被理解、被关注、被认同的愿望，与塔基旁的芸芸众生的渴望，有什么区别。

五十赫兹鲸，因为其嗓音独特而没有同类应答，与"没有另一个电话"的麦子所面临的困境，以及那些看着 QQ 上密密麻麻的头像不知该向谁喊话，或在微信朋友圈中晒出寂寞而无人回应的人一样，是孤独到绝望的。

正是基于这个原因，人们才会像在火星上丢失了氧气瓶那样，拼命地抓摸着，想在包括网络在内的公共社交平台上，亮出自己的天线，发出自己的信号，寻找着与自己心灵信号同频的人。也正是基于这个原因，社交软件和平台才成了最大的信息产业平台。从表面上看，它成就于各种"约"，而从根本上说，是因为太多人太多孤独。如沉溺于茫茫冰海中拼命往空中伸出求援之手的人们，不知道在自己前方后方左边右边，有多少人正以与他相同的姿势和表情，无助地呼喊着。他们中，有的是幸运者，于瞎碰乱撞中找到彼此；另有一些，发现了对方并留下美好的初见印象，但最终还是因熟稔或倦于装出相知的迎合而各回孤寂。更多人，为了旁人的眼神而舍弃自己的频率，装着不孤独和大家在一起，跳着盲人的舞，唱着哑巴的歌，身心俱疲地表演着自己并不擅长的人生角色，而在他们心中永远游荡着一条孤独的鲸，在满是星光的夜晚，在冰凉透骨的海水中，在永远看不到边的旅程里，在冷落到骨子里的寂寞中，无所谓希望也无所谓绝望地唱着无人聆听的歌。

如果你是那个有幸找到听者的幸运儿，请好好珍惜这份来之不易的幸运，好好珍重，并爱他。

如果不是，那就学学高飞于九天之上的苍鹰，或悄然开放于深谷的野花，它们并不为掌声而飞翔，并不为是否有人欣赏而开放。它们将孤独作为养料，绽放出了完全不一样的绚丽人生。而当它的世界越来越宽大的时候，它的同伴与知己很可能在最没有预料的时间里出现，如同种下梧桐树自有凤凰来。

那头五十赫兹的鲸，也许并不孤独，也许它只是在唱歌给自己听，是我们恐惧孤单的想象，让它显得孤独了——至少它还有广阔的海天可以游荡，它还有无须讨好迎合任何同类且可以不受干涉的歌唱。它，是自由的！

虽然那自由，在很多时候，长得那么像孤独！

CHAPTER 5

那时，我们还年轻

青春对台戏

事过多年，我仍然记得大街上那片经久不息的掌声和口哨声。

那是 1985 年，我十五岁，县里学着电视里一样搞起了歌咏比赛，那形式，有点像如今的选秀，先要海选，那时叫初赛，然后是复赛，最后是决赛，那阵势像过节一般热闹。比起全封闭的文艺调演和晚会来说，这种半开放的选拔，也算是为跃跃欲试的年轻人们开了一个口子。

当时唱歌的主流是美声和民族唱法，通常是把话筒立在面前，男的穿中山装，女的穿大红裙，手捧胸口唱得字正腔圆。而流行歌曲，也就是当时所称的通俗唱法还不被当成一回事，拿着话筒边扭边唱还被看成是不正经的行为。

就像所有十五六岁的年轻人一样，那时的我和同学们都向往新鲜而活泼的东西。唱歌跳舞，无疑是最具这两种特色的东西。当时的我们，为了寻找一首新歌，可谓费尽了心思，或在夜静更深时偷听电台，或用录音机到电影院录新歌，或跑到省城去买翻录带，或用粗糙的数据线接到电视上录嘈杂的歌曲。总之，在那时，我们就像喜爱新衣服一样喜欢新歌，而且将"新"作为衡量一首歌的唯一标准，羡慕别人唱没听过的歌曲，鄙视别人唱已经老旧的歌曲。

　　但歌咏比赛的评委爷爷奶奶们却不这么认为。在初赛那天，我们全班报名的十四个人，有十二个被刷了下来，大多数只唱了两三句就被叫停了。最惨的是一位同学，上去一亮相，还没张嘴，就被吆喝下来了，因为他自以为很酷地把衬衣下角绑在肚子上，让台下的评委们很看不顺眼。总之，我们那天被这群自幼唱川剧的老文艺骨干们叫停的理由不是台风不正就是嗓子不亮，要么就是歌曲的价值取向有问题——中学生娃娃，怎么可以唱爱情歌曲？

　　同学们原本志得意满，正自以为可以以自己会唱的新歌和别人压根就不会的迪斯科风光一把时，不想被横空伸出的巴掌拍得满地找牙。顿时，所有失落变成了义愤，感觉受到了极大的不公平待遇，于是决定要做点什么，来表达我们的不满，并证明我们的存在。

　　同学中有人会弹吉他，通过弹吉他，又认识了会别的乐器的小哥们，他们同样也在歌咏比赛初赛和复赛中全数落马。拿话筒都不被允许，何况背着吉他边弹边唱，这是什么样的场面？

　　很快，一支汇聚了吉他、小提琴、电子琴和鼓的乐队凑成了。经过几天偷偷地排练，居然练成了好几首曲子。一位赵姓同学的爸爸是单位工会的主席，在听完我们演奏之后，答应把大功率音箱和架子鼓借给我们。当然，他不知道我们是要去和县里的歌咏比赛打对台，否则的话，他老人家拼了命也不会借的。

　　歌咏比赛在剧场如期举行。我们决定把我们的舞台放到与剧场正对的街面上。为了与剧场里那些穿中山装、大红裙的选手们不一样，我们都搞了夸张且前卫的造型。有人把衬衣故意撕掉袖子，有人用黑色和红色的颜料在衣服上拍出手印；有人把袜子剪掉底，像绑腿一样套在裤子外面；有人把裤腿剪掉一截，用针缀成帽子戴在头上。

当剧场里的音乐响起时，我们这支穿着奇装异服的怪异乐队，也开始奏响乐曲。街边杂货店的老爷爷为我们插了电，路边维持秩序的警察只当我们是耍杂技卖艺的，也没怎么驱散我们。

当时的场景很嗨。我们从最初的手脚哆嗦，到弹出第一个音符，简直如从悬崖边往下跳似的鼓足了勇气。我们以电影《阿西门的街》的主题曲开场，唱着一段连日本人都听不懂的日语，这是大家按着录音机用汉字注下的音标，叽哩呱啦，胡喊鬼叫，但却感觉洋气而新鲜，很快就吸引了一大帮年轻人，而且圈子越扯越大，人越来越多。剧场里也陆续有人出来，加入我们的观众群中。我们唱对台戏捣乱的目的，初步达到了。

看到演唱有了效果，大家更来了精神，把当时市面上刚流行起来的歌曲，都搬出来唱。什么《少年犯》《迟到》《秋蝉》《拜访春天》《小秘密》……

起初还是按排练的乐曲按部就班地唱，后来，就开始接受点唱，甚至人群中有人开始跳出来唱。那一刻我们发现，在小县城平静的各个角落，其实隐藏了那么多和我们一样，渴望唱新歌、渴望过与以往生活完全不一样生活的人。我们自以为新潮的许多新歌，大家都会唱。每一曲都是以独唱开始，最终却以合唱结束。大家像荒地中焦渴的苗，期待着一场喜雨来临。那是一个歌曲没有变成纯商品的时代，那是一个心里有明确盼望的时代，那也是一个简陋但真实的时代。

那天的演唱，虽然，我们的歌声、乐器和技术都那么粗糙，但我们第一次用一种破茧成蝶的勇气，向世人证明了我们的存在。那一年，我十五岁，报纸和广播里正忧心忡忡地担心70后孩子们的种种不堪，就像现在很多人批评90后、00后一样。但我们用稚拙的声音，表达了我们的存在。

多年后，那晚参与演出的哥们儿大多都离开了老家，循着各自的理想，有人去了电视台做主持，有人去当了电视导演，有人去写歌并出了专辑，有人当了编辑，有人做了记者。就连那少许的没离开家乡的人，也渐成当地文娱泰斗，坐在当年那些爷爷奶奶们的评委位置指点江山。但愿他们，不再逼出一场对台戏，不再让充满委屈的孩子，借一场不正规的音乐会，来倾诉对生活的愤懑与不平……

这就是我青春期最难忘的事，那晚激动得有些跑调的音乐，多年来一直游荡在我的梦中，成为我青春记忆中抹不去的注脚，每每于夜静更深时，悠然萦绕在梦中。

做梦都在窃书

在我短暂而漫长的青春岁月里，出现得最多的一个主题词便是"偷书"。按照孔乙己先生的说法，窃书，读书人的事，不算偷。故而我也择雅而从之，仿他的说法，窃一回。

我不知道孔乙己的书，究竟有多少变成铜钱换了黄酒，多少用来打发寂寥漫长的日夜；但我知道，我所努力想要窃的书，没一本是打算拿去换麻糖和花生的，而是为了满足自己的眼睛和心灵的需求。如果单纯是为了换糖，我完全可以像小伙伴那样，向我家背后的铁工厂废料场下手，只需要从墙下的水沟洞里钻进去，捡两块称手的铁扔出墙，几块麻糖和花生便到手了，无须像书那样，费尽周折，而且，收废品的根本不喜欢。

那时，街面上没有网吧和游戏厅，青少年最喜欢去的就是连环画店。这些小店，通常以一分或两分不等的价格，把厚薄不匀的小人书租借给孩子们看。我最初的阅读兴趣，就是在那光线并不十分充足，几块砖垫、一块木条做成的长凳上养成的。满满一屋孩子密密地挤坐在一间小屋里，屏神静气地看书的场景，至今仍是我心中最美最温暖的画面。

但是，比起记忆的温暖，现实却是冰冷而骨感的。虽然一分两分钱的租金，现在看起来不贵，但在当年却是很具体的，那时候，米不过一毛三分多一斤，肉凭票七毛多一斤，一分钱也就是一杯爆米花，两分钱就是小半瓶醋，谁家的经济条件敢让孩子们由着阅读兴趣去花钱买读书啊？况且，一本新连环画也不过一两毛钱，这直接让人产生租不如买的不平衡感，像现在买房人的心态一样。

十四岁的我，疯狂的阅读愿望与有限的图书供应量之间出现了巨大的矛盾。这使我不由得想出各种各样的歪点子，由此开始了我的窃书生涯。

我第一个下手的目标，是邻居朱爷爷。朱爷爷是一家单位的会计，常年不住在家中，以至于他的那座小院有一种被荒弃的感觉，檐下挂着蛛网，墙上长着杂草自不必说，那间终年无人的小院是周围家鼠、野狗、小猫和我们这帮半大孩子的乐园。小时候在那里扮鬼捉迷藏，只对墙上挂着的铁剑感兴趣，稍大懂些事了，便对那黑屋子里的大书柜感起兴趣来——那里面有好东西。

朱爷爷的书，大多数是很久以前置办下的老书，除《西游记》《水浒传》《三国演义》《儿女英雄传》《拍案惊奇》之类，还有《山海经》《阅微草堂笔记》《随园诗话》《聊斋志异》。我凭着十几岁少年的阅读兴趣，窃过"西游""三国"和"水浒"，我的另一个伙伴，窃得一本《芥子园画谱》，由此开始学画，最终成为一位知名的山水画家。我所窃的书，原本看后也是想放回去的，但一想着放回去还不知会进了哪个小伙伴的灶门，于是一狠心，就昧了下来。此事一直到多年后朱爷爷去世房子拆迁改建为楼房，也没人问起。我虽然一直心存愧意，但想想那些书最终没有一直在蛛网灰尘中变为鼠虫的美食，而成为一个青春期少年的精神食粮，不禁有些释然，甚至还有一种拯救了它们的小小愉悦感。

我下手的第二家，是离家不远的建筑公司工会图书室，与朱爷爷家里的书一样，我在整个过程中，没有丝毫"偷"的负罪感，倒是觉得那些被铁栅栏封锁着的书，如同被投入牢狱的老友，正等待着我的搭救一样。

为了接近那早已无人问津的图书室，我也是下过一番苦功夫的。首先，和门卫的儿子及他家的狗搞好关系；接下来，做好堂弟的思想工作，因为他的身体够瘦小，可以从图书室的护窗爬进去，我可以在窗外接手，即便被抓住，别人也不会拿七八岁的他怎样。

经过周密筹划，在一个月黑风高适合窃书的夜晚，我和堂弟出动了。我们学电影里的侦察兵，都穿了黑衣，还往脸上抹了锅底灰。我们从建筑公司后院的地沟里钻进去，迎面就撞到守门的大狗阿黄，看在平常给它丢馒头和挠痒痒的份儿上，它原谅了我们的古怪行为，摇摇尾巴自个儿玩去了。

我们从山一样的木头垛子缝隙里穿过去，很快接近了目标，堂弟不孚众望，三两下爬上图书室的护窗，然后就往外递书，我凭手感判断，凡是塑料封皮包着的精装书，都不好看，扔在一边，匆匆忙忙抱了一堆手感尚好的，用衣服包了，凯旋。

这天夜里成功"越狱"的有《青年近卫军》《卓娅和舒拉的故事》《红岩》《战争与和平》，还有《敌后武工队》《吕梁英雄传》等，以苏联书为主，也有一些读不懂的法律和理论书。这些对于我来说，已是非常棒的收获了，那几本苏联小说让我在之后整整一个暑假，沉浸在一种难以言说的幸福中。

建筑公司一直没有发现图书室有什么异样，这使我和堂弟又轻车熟路地干了几票，直至有一天，废品公司的一辆大货车开来，把图书室的书都运去了纸厂，我和堂弟才开始为自己人小力气小无法窃走更多的书而感到深深的遗憾，像阿里巴巴眼睁睁看着自己好不容易发现的宝库被洗劫一空一样。最令人愤怒的，是抢走这些宝物的人并不认为宝物是宝物，而拿它们去铺了路。

建筑公司宝库的沦陷，让我不得不把窃书的眼光放到下一个目标上——父亲的书柜。

不知从什么时候起，父亲在大衣柜下面的底柜里建起了一个小小图书柜，他时不时会把一些崭新的图书和杂志放在里面。那些新书，有很多是我做梦也想得到的，比之于我先前窃来的那些泛黄甚至发霉的旧书，它们简直就像衣着鲜亮的天使。它们中，有《格林童话》《安徒生童话》《尼尔斯骑鹅旅行记》《堂吉诃德》《欧·亨利小说集》，杂志则有《奥秘》《少年文艺》《读者文摘》，这些都是我非常想看的。

但是，父亲每次买了新书，自顾自地看完，就把书小心而平整地放进衣柜下面的书箱里，然后令我愤怒地锁上。看着那些泛着书墨芬芳的尤物，与我有一箱之隔，我抓狂不已。

为了摸清父亲书箱钥匙放在什么地方，我可谓费尽了心思，找他借指甲剪，侦察探明钥匙并没在他随身携带的钥匙串上。然后，就是床上、枕边、米坛、蜂窝煤后，甚至连泡菜坛子我也没放过，但终于还是没有找到。我也曾想正面向父亲借，但父亲一脸的吝啬和不情愿，仿佛担心我损坏他的书，又仿佛是那其中有些书是我现在不适合看的。这更激发了我的好奇心，下决心一定要得到它们。

一连很多个晚上，我都静等着父亲看完书去睡觉。终于有一天，我看到他放好书，并把钥匙小心地放到挂蚊帐的竹筒里。皇天不负有心人，我终于可以看到那些新书了。那份高兴劲儿，至今想起还令我兴奋不已。

多年后，我已是一位靠写字为生的写书人，一次在饭桌上聊往事，说起了童年这些趣事，我以此事来取笑父亲的吝啬，父亲听了不仅不生气，而且很开心地笑了，说："傻孩子，如果我不那样坚壁清野神秘兮兮，你会那么快那么认真地读完那么多经典？那些书，都是专门为你买的，而且我藏钥匙的时候，早就知道你那小脑袋瓜在门上的窗户边盼望了好多天了，我就是为了吊你的胃口，让你好好珍惜那些书。不是你小子聪明，而是你爸爸太有心。"

种花是为了开心的！

儿时的邻居王伯伯，喜欢种花养鱼，把他家门口的小花圃伺弄得花团锦簇，四时飘香。这个小小的花园，成为这个住满被生计压得抬不起头的人们的大杂院里一处耀眼的风景。别人家门口的空地，要么荒着，要么种着葱姜和蔬菜。

王伯伯的花，因此显得更加卓尔不群，受人喜爱。而喜爱的表达方式，常常被简化成采摘，甚至连盆偷走。

对此，王伯伯的老婆很愤怒，常常尖声怒骂偷花贼、采花盗，还附带赠送几句诅咒。

王伯伯对老婆说："我们种花是为了什么？"

"为了好看，为了开心！"

"那现在好看、开心吗？"

"……"

"院子里本来没有花。我们为了开心，种了。花开得很好，我们很开心。但有人来偷花，你很愤怒、生气，开始把所有的邻居当成假想敌，一通乱骂和诅咒，搞得偷花的恐惧，没偷花的厌恶。我们为了开心而种的花，却换来了不开心。而且，如果为此而发生分歧和争吵，那岂不是更加不划算？如果我们因为愤怒与积怨，把花圃毁了种上葱和姜，一切恢复如常，而我们从此以后一想起花，就想起不愉快的事，这是我们想要的吗？"

王伯母听他说完，从此再没骂人。那以后，他们在修枝剪枝时，还专门装到一个个花瓶里，让喜爱的人们自取。

那以后，摘花的人少了，而院里各处的葱姜地里，都开出了美丽的花。

"种花是为了开心的"，以开心为目的做的事，切不要变成令人伤心或恶心的事，一切全在于看事的眼光与态度。这句话对我影响至深。多年后，在读佛经故事时，又看到与此相类似的故事，想起王伯伯当年那平和安详的眼神——想必，这故事，王伯伯也是看过的！

幸亏不是花盆

"幸亏不是花盆"这句话是外婆的邻居李奶奶讲的。外婆住在当年小县城稀有的砖楼上，楼下是未改建的大杂院。李奶奶家就在楼下的过道旁，人们进进出出，都要从她家门口经过。李奶奶是个热心人，常常把别人托她的事看得比自己的事还重，大家都喜欢和她交往。只要她在家，整个小院就充满欢声笑语。

有一天，我在二楼玩，忽听楼下李奶奶又在"咋呼"，好像提到了油糕蒸馍什么的，这两样都是我所喜爱的，于是扑上阳台，探头往下看。一不小心，将阳台边沿上的一盆水撞了下去，水盆在空中转体一百八十度，跌落下去，一大盆水，兜头盖脑，全部浇在了李奶奶身上。李奶奶遭此一惊，抬头看到魂飞天外的我，居然出乎意料地大笑起来，说："小子，你是看着天热，给奶奶送洗澡水来了？"说罢，捡起那个闯祸的塑料盆，自语道："幸亏不是花盆。"言语之间，竟有几分大难不死的庆幸。

在我手边上，确实有几个陶瓷或石头花盆，有的里面甚至还有假山，那玩意儿要是落下去砸在李奶奶头上，恐怕就没有一盆水那么简单了。

一时之间，楼下的李奶奶，楼上的我，以及家人和周围的邻居，都有一种获救的感觉——不久前，前院楼上浇花，水不小心溅下楼去，可是引发过一场大战的。

遭遇到突如其来的麻烦，第一反应不是去与麻烦纠缠，而是用更大的麻烦与之作比较，并且获得一种"赚到"的感觉，不知道是一种智慧还是无奈。对此，我不想做简单的价值判断。但李奶奶满头是水一脸庆幸地说出这句话的样子，却让我记忆深刻，也让这句话深深地镌刻进了我的人生观里。在之后几十年的人生里，无数次突如其来的麻烦甚至灾祸降临时，一句话都会闪现于眼前：

幸亏不是花盆！

每一天都不会来第二次

　　这句话是幼时听邻居曾爷爷说的。他的孙子与我同年同月同日出生，是我的老庚，我俩走得更近些，因此常在彼此家里冲进冲出。凡遇儿孙在某件事上有疏漏或拖延，曾爷爷就会敦促他们改进，且常常用"每一天都不会来第二次"这句话作结语。

　　当然，曾爷爷绝不像某些喜欢教导别人的人那样，只把这话往别人身上贴，而自己却不用。相反，我觉得他是把这句话在生活中贯彻得最彻底的一个人。因为这句话，他活得一点都不苟且。

　　比如，他每天早晨起床，必用钢炭引火，小铜炉烧水，泡一杯雅安名山产的茉莉香茶。这杯茶水宛如燃油之于汽车，几十年不变，即使在最困难的时期，一切都要凭票供应，他也能想出办法，把茶叶置办回来。最不济的时节，他甚至在后院种下几棵茶树和茉莉，以延续他那"活得像个人"的底线。

　　因为将每天当成唯一的不可再生的日子，那些在别人眼中沉闷冗长甚至烦琐的生活细节，在曾爷爷这里，就变得颇有仪式感。无论是烹一壶水，还是沏一杯茶；无论是将一棵菜切碎，还是把一盅米变成饭；无论是与邻人在路灯下下的一盘棋，还是午后清风中与老伴无须言语的静处……

这一切，都不会重来。

从小到大，关于岁月易逝、光阴宝贵的谚语和金句，看到和听到的可谓多矣，唯有这一句，深得我心，对我的人生影响至深，我在向妻子求婚时，对她说："我不敢对你许诺未来，我只敢向你保证，会和你好好地面对每一天。"

我知道，每一天都不会来第二次。过好每一天，就是过好一辈子。这些，都是曾爷爷那句话教会我的。

别用别人的罪过，惩罚自己

我有一个好友，十多年前经历过一次短暂的"婚姻"。这场"婚姻"的荒唐成分，简直可以拿来写一部电视剧，故事情节大致是：一个人隐瞒婚史伪装大款经人介绍与涉世未深的女孩我的好友谈恋爱，谈婚论嫁，买了房子"结婚"，婚后不久，原配跑来喊打喊杀抓小三，闹得满城风雨。随后，那男人在手续并不完备的情况下，将房子卖给了别人，自己拿着钱跑了。我的这位朋友，人财两空，满身羞辱，恨不能死一回。

在此后的几年时间里，追仇人、收房子成了她生活的主题，与买房人的官司，一场接一场，耗尽心力，法院无数次判她赢，但执行时，对方一哭二闹三上吊，要求退钱。而钱已被人卷走，她又必须找回那个人，让他交出房款；而这，又比大海捞针还难。

她奔走在法院与购房者家中，经历的都是绝望、敌意和仇怨，心中每日萦绕的都是报仇雪恨之类的凶猛词语，而这些，让她变得敏感、脆弱、歇斯底里。失眠和各种说不出的毛病，让她完全变成了另外一个人。

　　但几年后，再见她，是在成都一个酒会上。她一改往日的怨妇形象，满面春风，珠圆玉润。此时，她已是一家房产公司的部门经理，月薪过万且重组了家庭，还生了个活泼可爱的女儿。

　　我很惊诧她的变化，因为照当初的走向，她没有自杀或变成祥林嫂，已是奇迹了。何况，她还向相反的方向，走了这么远。

　　她说，她之所以有今天，应该感谢当年遇到的一位心理医生，她说："你只有放下过去，才会有未来，你现在每天咬牙切齿在做的事，就是用别人的罪过惩罚自己。"

　　她说，她回想自己疯狂寻仇的经历，确实如此，于是撕掉那永远无法执行的胜诉判决书，忘掉那个永远无法再找到的仇人，远离让她想起往日屈辱的环境，到省城求职，发现自己之前闭眼不看的世界竟是那样天宽地阔。她一年卖房挣的钱，足够买三套当年让她伤心透顶了打了数年官司而不得的房子。

　　及时地放下怨恨，是一种止损。对仇人最大的报复，不是以牙还牙，而是用事实潇洒地告诉他："想打倒我？没门！"

　　这句话，在我之后的人生险关上，起到了很重要的作用，使我在无数次遭遇重击之后，晃晃悠悠地又站了起来。

只是碰巧凑到一起了

我是一个性情急躁且容易感情用事的人，经常被一件小事搞得炸毛，坏了心情和情绪，有时甚至会伤及无辜。老天爷怜惜众生，安了一个"阀门"来我身边，这"阀门"就是我的妻子。她性格平和，遇事总能冷静地往宽处想。比如，在车站遇上酒疯子与我纠缠，我怒而要与之拼命时，她会拉住我，说："这样打下去，人家会以为你也是疯子，狗咬你，你也要咬狗？"从而让理智重回我身上。而她说过的话中有一句，对我影响至深，像是刹车一样，可以有效地把我的急脾气降下来。

那是一个"倒霉"的早晨，前一夜大雨从飘窗里灌入，客厅里到处是水。而雪上加霜的是冰箱的门没有关好，整个冷冻室像是刚刚经历了凛冬，冰凌四溢，惨不忍睹。这还没完，在最需要照明和烘干时，电卡里又恰好没钱了。当时，我已被眼前乱糟糟的情景搞得乱了情绪，一会儿追究谁没关窗，谁最后关冰箱，一会又后悔为什么没充值。但这些事的主要责任，都与我脱不了干系。于是，自责与责人的情绪，让我觉得那是最糟糕的一天。我觉得今天诸事不顺，全不是好兆头，甚至动念不想出门去赴原已约好的一个做电影的朋友的聚会。

但妻却没有找原因，在她看来，这对于解决眼前的乱局无益，家中只有三个人，查出谁的不是，除了让当事人更不愉快，并没有什么用处，相反，倒是把客厅的积水除掉，把冰箱的冰除掉更重要。她一面舀水，一面吩咐我去充电卡，随口说了那么一句话："其实没什么，只是几件不好的事碰巧凑到一起了，没什么不祥的预兆。"

她轻松的表情，让我的焦虑一下缓解了许多，只觉得这只是偶然发生的不愉快，并不是冥冥中有什么力量在与我作对。这对稳定我的情绪，有至关重要的作用。

我们很快收拾好冰箱和地面，给电卡充好值，一切恢复如常，至多损失了几个原本要扔的纸箱。我也没因此失去出门的兴致，出门与朋友聚会，并结识了一位此后对我在各方面都有巨大提升和帮助的好友，后来还一起合作完成了一个项目。这一切，原本都是要错过的。

自那以后，凡遇到不顺的事，我就会想起那句话，并且有意识地、有针对性地解决碰巧聚在一起的问题，而不是放任情绪，把事情往坏处想。

别人的优点对你更有用

二十多岁时，我曾当过几年电气检修工，具体的活儿就是安电缆，每天钻地沟、焊支架、压线头、包绝缘带。我的师傅姓唐，内江人，是个言语不多的中年人，教了我很多关于安电缆的诀窍，但我基本都忘了，唯独他说的"别人的优点对你更有用"这句话，让我铭记大半生，越年长越觉得有理。

那是个夏日的午后，我们吃过午饭在工棚中闲聊，东一句西一句，话题有国家大事，有热门电视剧，有厂里的八卦，还有一些当天工作中遇到的问题。我一如既往口若悬河地在每一个话题领域抢先发言，一副很懂的架势，总能看出每件事情中的不妥与毛病来。

下午上班开始继续干活，我和唐师傅到水泵房安电缆，一向不怎么爱说话的唐师傅突然问我："你觉得我们班的同事们身上都有些什么优点和缺点？"

唐师傅是班长，他向我这个爱说话的人打听班上诸人的情况是情理中的事。我于是知无不言，把对大家的看法都说了一遍，当然，是缺点多于优点，坏处多于好处。

唐师傅沉吟了片刻，说："我发现，你看别人缺点和短处的能力，强于你发现别人优点和长处的能力。这样不好，别人的优点比缺点对你更有用。"

之后，他讲了一个故事，是他老家两个厨子的故事。两人是师兄弟，一起拜师学艺，但几年后，手艺差异却很大。师兄看别人做菜，总能看到别人好的地方，而师弟看别人做菜，总能抓出别人不好的地方。久而久之，师兄的手艺越来越好，也越受大家的欢迎和喜爱；师弟则越来越差，而且因为自以为是和毒舌被众人嫌弃和讨厌。最终，一个成了大酒店的老板，走运发达；另一个则守着一个鸡毛小店，天天和顾客吵架，年过四十连家都没安。两个人的差异，就在于看问题的角度和方向的差异。他说："我从你身上看出了一些苗头，故而忍不住多说了几句……"

那是唐师傅与我共事两年多唯一一次和我说话超过十句的交流，却让我终身铭记。我虽然并不能百分百做到，但至少知道自己身上某些毛病的可悲与好笑。

大雨并不只是淋着你一个人

　　青春时期，我常常觉得自己是天下最苦命悲催的人，这固然有因为喜爱文学而"为赋新词强说愁"的矫情，也有自己家境贫困且又在偏远山区干着永无出头之日的工作的绝望，还有因这二者作用下几次的失恋。这些都如凄风冷雨一般，笼罩在我头上。那段时期，我甚至有一种幻觉，觉得整个世界都是晴空万里，唯独我头上顶着一朵雨云，全天候无死角地将我淋得湿冷……

　　于是，我像祥林嫂一样，逢人便亮出自己的伤口，絮絮叨叨地展示自己的痛苦与委屈，以求得一星半点真假难辨的开解与安慰。但也许这是一件累人的活儿，渐渐地，我发现，朋友们开始躲我，这让我的悲哀与自怜雪上加霜。

　　有一天，我独自在离厂子不远的大王庙转悠，突然遭遇一场大雨，我在大殿外的瓦廊下百无聊赖地想婉约诗句排解无聊。这时，一位别的车间的同事，也一身湿透地逃进长廊。我们就随意聊了起来，从檐前的雨，到被雨淋弯腰的花草，再到我们花草一般脆弱的运气，以及不景气的厂子和我不久前的那场失恋……

天气本来就湿冷，我的话语，则更是把周遭的气氛带得更加阴沉。

那位同事显见有点吃不消，想说两句话安慰我一下，以掩护自己脱身。但因为原本不十分熟悉，一时竟不得要领，东一句西一句。这当然如同给重病的人吃糖豆，没有什么用处。

就在这时，几个比我们淋得更湿的香客从雨中冲过来，一面拧着衣服抖着水，一面抱怨着天气。

那位同事，冲口说出一句话作为结语："总之，你记着，大雨并不只是淋着你一个人，所有的人都一样，只是他们不常说而已。不要只觉得世界上痛苦的只有你一个人！"

那段话，如同带着闪电的惊雷，把我劈醒了。抬眼一望，四周湿透的人们各有笑语；再回想身边的众人，家境比我惨的，从小失去妈妈的，因为有残疾至今没谈过恋爱的……这些人，没有一个，如我那样天天哭丧着脸，向人们诉说自己的绝望与无力，有时还要忍痛听我吐槽，那是什么样一种心情？

大雨，并不是只淋你一个人，如同痛苦并非某一个人独家所有。真的强者，是那些勇于面对和担当的人，而非随时都在碎碎念的弱者。

自那以后，我不再向人展示哀怨。我甚至感觉，那天那场雨和那位并不熟悉的同事，也是某种力量的特意安排，还有那句借同事之口说出的看似平淡却有力无比的话。

和那么多美好同在一个世界

　　"和那么多美好同在一个世界"这句话是十多年前我在大理听一位卖串珠的女孩说的。那是一个满天燃着红云的黄昏，大理古街上的城管执法还不那么严格，道边路旁时不时有背包客在那里卖记录行程的明信片和卡片，还有装扮得像当地人的上班族在那里卖着半真半假的各色纪念品和黑胶，偶尔还可以听到弹着吉他卖唱的流浪歌手或高亢或低沉的歌……

　　我东看西看，不觉与同伴们走散了，索性放慢了脚步，一路慢慢逛慢慢看。相比于充满暧昧气息的酒吧，我更喜欢这被晚霞和街灯衬照得温暖的街景，以及街上的各色路人。

　　这时，一位卖珠串的女孩进入我的视线，她穿着一件没锁边的土布白衫，配一条蓝底白碎花的长裙，头发用一根筷子簪着，既像本地人，又不像。

　　她身边围着几个中年女游客，正兴致勃勃地选着珠子，很开心的样子。看得出，她们对女孩的手艺和价格都挺满意。

　　女孩飞针走线，纤纤手指把各色珠子和线舞弄得像是一场酷炫

214

的表演。不一会儿，一串搭配得很漂亮的手串或佛珠就跃然于她的手上。

就在顾客们兴致高涨的时候，女孩停下了手中的活儿，说："对不起，这是最后一串了，我还有事，要收摊了！"

说完，她就开始将面前的珠子和线收好，装进身后的小竹背篓。

顾客们说："我们还想买呢，再穿几串吧，凑够两千！"

女孩说："对不起，真有事，今天哈雷车队来大理，我要去看车！"

顾客们觉得不可理喻地摇头掏钱，我数了一下，七张一百的。也就是说，这女孩为了去看哈雷，少挣了一千三，刨去成本，直接损失不低于一千。

顾客们悻悻然地走了。趁她收摊的当口，我问："你是车迷？"

"不是！"

"那放着这么好的挣钱机会不挣？"

"我听说有很多顶尖的车要来，我去看看。和那么多美好的东西同在一个世界，不看看，多可惜啊！钱嘛，今天的饭钱都有了！"

女孩收好背篓，起身要走。

我也起身，边走边和她聊。她从我的话音中听出了老乡的味道，于是也没拒绝我的同行，还用四川话和我聊起来。她老家就在我家乡的邻县，大学学平面设计，毕业后在一家广告公司工作，天天朝九晚十，被老板和客户的各种奇葩指令搞得苦不堪言。某天早晨，脑子里闪过一句话："和那么多美好的东西同在一个世界，你居然都没能去看看？"于是辞职，背着一个包四处走，终于在大理落脚，每天和一大帮来自世界各地的同道者喝酒、唱歌、画画、聊天……没钱就串珠子卖，挣够饭钱和房租就玩……

说真的，这种生活态度和方式，是我这种在笼中关了大半辈子，几乎已失去飞翔愿望的老鸟难以完全认同的。但这种与美好同在一个世界的心态，却是值得学习的。

是的，与那么多美好同在一个世界，你不想做点什么吗？

邂逅，也许是一次准备已久的等待

高二的时候，我的同桌是一位长得像电视剧《血疑》女主角幸子的女孩。山口百惠演的这位身世可怜的美丽白血病患者，倾倒了很多观众，我和同学们都封她为偶像。大家爱屋及乌，也就喜欢上长得像她的这位同学，我们甚至将她的名字也改为幸子。

我对她的关注和喜爱，最初也是来自于这种相似。但随着同桌时间的增长，我渐渐发觉这种"相似"之外的东西。比如她永远规整的正楷书写，她永远被老师拿来作范文的作文，她永远位居前三名的成绩，还有她说话时不轻不重却总像在我心上轻轻挠动的感觉。

我承认，这是一种喜欢。这种喜欢，没有成人世界中那样复杂，包含了社会地位、财富、人际关系和情欲等在内的诸多考量。十七岁的喜欢，仅仅就是"喜欢"而已。

但是，这种单纯的喜欢也是很折磨人的，它支配着人干出许多奇奇怪怪甚至匪夷所思的事情。这就有点像一度流行的电影《那一年我们一起追的女孩子》里的小男生们那样，在喜欢的女孩面前情不自禁地耍宝，情不自禁地玩魔术，情不自禁地做一些希望引起她关注的事情。有的，甚至是不可思议的。

比如，我和幸子的家分别在学校的西面和北面。按常理，无论在上学还是放学的路上我们都不可能邂逅，更不要说同行。但我每天早晨提前半小时出门，跑步到她家附近，有时是在她常吃早餐的米线店，要一碗米线磨磨蹭蹭地吃；有时，则是蹲在茶馆门口看喝早茶的老人下棋；有时跑到家属院的洗衣台下写因早出门而没来得及写完的作业；有时，则是在她必经的小巷子里踢石头玩。总之，我会在漫长而无趣的等待之后，迎来她细碎的脚步声和一个礼节性的微笑，然后，傻呵呵地对她说声："真巧。"

这样的"真巧"还有很多。我们会"真巧"地偶遇在学校的文学社团；我们会"真巧"地看同一场电影；她喜爱的歌曲，我"真巧"就有磁带；她喜欢看电影学日语，我"真巧"跟着电视读"各其所刹妈"……

就在我努力地制造着各种巧遇，并被这种巧遇暗示着，自以为与她很有缘地在得意和失落中交替，在天堂和地狱之间打着转的时候，晴天传来一声霹雳：因为爸爸工作调动，她要转学了，去数百公里外的重庆。

这不是偶尔一个早晨的错过，也不是一两个星期天或寒暑假的隔绝，而是一去千里从此不再相见的永绝。一想起这两个字，世界上所有凄苦悲凉的场景通通涌上心头。那天晚上，我在梦中送了她一程又一程，眼泪湿了半个枕头。

这天早晨，我两年来第一次不那么热切地想去上学。不夸张地说，我每天不睡懒觉热气腾腾起床的动力就是她，一想着每天早晨与她邂逅与她同行，内心就幸福得不得了。

但现在，一切都破碎并消失了。

幸子走了，我的元神也仿佛被抽走了，每天恍兮惚兮地在学校和家之间飘着，很长一段时间，我对自己的想法和行为都无法把控，对身边的一切事情都没有兴趣。这种感觉，不仅没有随时间的推移而减弱，相反却像弹弓一样，拉得越长，弹力越强。

在疯魔了差不多二十天之后，我决定要去重庆看她。这个想法一经产生，便如火星溅到油锅里一般不可收拾。

到重庆的火车票是 7.5 元，来回得 15 元，晚上要坐一夜火车，加上吃饭和买礼物，起码得 20 元，这可是全家半个月的菜钱，但这也挡不住我疯狂的念头。我以学校要缴资料费的名义向妈妈、爷爷、奶奶、外公、外婆各要了一次钱，终于凑到了 20 元，跑到商场买礼物，一条漂亮的扎染围巾花了 10 元，回程车钱成了问题，但也想不了那么多了——就是扒车回来又怎么样？

带着这种心境，我坐上了开往重庆的硬座车，怀里揣着从幸子最要好朋友那里偷来的，写着她新地址的明信片。天下着大雨，整个世界被雨冲刷得既寒冷，又扭曲。那场景很像多年以后我看的卡通片《秒速 5 厘米》中的情形。那个因想念一个转学远去的女同学而在雪夜中坐火车狂奔，并被一次次的晚点信息搅扰得心烦意乱的少年，其实就是我的化身。与他不一样的是：他独坐在空旷而寂静的车厢里，任由车窗外路灯的影子在他脸上辉映出落寞与诗意；而我，却是在人口密集如罐头，抬头是人，低头是脚，满鼻都是烟味和汗味的车厢里，心情如地上的泥水一般湿滑而纷乱。

在这纷乱中，我迷迷蒙蒙地睡着了，再次醒来时，天色已明，车窗外是陌生的重庆，满山遍野的房子如海一般让人迷茫。

在火车站，我问了至少十人，终于找到开往目的地的公交车，这里离我要去的大坪并不远。下车后，我又一路打听着来到她的新学校，不敢进学校去问，只敢在校门口蹲守。我想，中午放学，她应该会出来的，从第一个等到最后一个，总能等到她的。

但从第一个等到最后一个，她却并没有出现。一打听才知道，有很多学生是在学校吃午饭，像她这种即将高考的学生，完全可能在学校吃饭。

又数着秒等到下午。这种等待是令人煎熬的，这种心情此前我体会过，但从没像那天那样强烈。它不仅是熬耐性，更熬的是注意力，就像钓鱼人在等待一条难钓的鱼，稍一分心，前功尽弃。

终于等到下午放学的最后一个学生，但她仍没有出来。我向旁边已混成熟人的小贩打听，她说，学校还有个后门，往西边的同学都走那边。

我的头像被人敲了一棒差点昏了过去。

也许，难度的提升就是为了结果的美妙，这道理和解题一样。

这样的自我安慰，使我有信心再坚持住，并在离学校后门不远的屋檐下受了一晚的冻。当晚，只敢花1角2分钱吃碗小面。

当我再次碰到幸子时，已是第三天的下午，这期间，我在她们学校的前门和后门轮流蹲守，渴了，喝口自来水，饿了，吃碗小面。就在我用口袋里最后一点钱买完面吃掉之后，老天可怜，我终于看到了她熟悉的背影……

那时，我已三天没洗脸了。当我蓬头垢面地冲到她面前时，她惊诧的表情，肯定以为我已改行当了乞丐。

我说："真巧啊!"像以往上学和放学路上的邂逅一样。

她也说："真巧啊!"但像是受了突如其来的惊吓。

我还想说点什么，但忍不住鼻子一酸，眼前的世界变得一片模糊。

来之前所有的想象都变成了浮云，赶在眼泪落下之前，我把礼物塞到她手上，逃命似的跑了。嘴里说："我是跟我爸出差的，想不到在这里碰到你，我走了，车在等我呢……"

这句没有人相信的谎话，是我对她说的最后一句话。那天，我跑到车站，并爬上去成都方向的货车，饿了一整夜，跌撞着回到家里。

去重庆读大学的愿望，因成绩的关系最终没有实现。总之，从那天之后，我就再没见过她。

我用切肤的痛，明白一个道理：世界上有很多邂逅，其实就是一场处心积虑的等待。而这种等待，对被等待者来说，也许没有多少意义。

凌凌，我们说好不悲伤

"如果一个人是一个世界的话，那么，我们每认识一个人，就打开了一扇通向另一个世界的门。"

这段话，是凌凌说的，她是我的第一个网友，我们相识于2000年。

那一年，我刚刚从家乡来省城打工，而立之年，什么都没立，除了一腔"想混出个人样"的愿望之外，我一无所有，我甚至连"人样"是什么，也不知道。

也正是凭着那不知天高地厚的懵懂劲头，我居然在竞争激烈的省城新闻业中待了下来，虽然也无非是个没有正式身份的新闻民工，但可以吃碗饭住间房，在不知道行业辛酸的人眼里，也算是个记者了。但其中的苦辣，用一个贴切的形象来比喻：就像每天眼一睁，就在参加抢椅子游戏，几百个人抢一两把椅子，最后的优胜者，无非是抢得一个优先作为榨汁机的资格而已。

那些日子，我每天蹬着自行车，汗水淋淋地奔跑在新闻与新闻之间，白天采，晚上写，每个月挣四五十分，按一分一千字的常规量算，每月见报字数应该在四万字以上，而被毙的，远不只这个数。

那些日子，因劳累因焦虑因流汗多喝水少因写稿熬夜，失眠斑秃尿路结石换着班来折磨我，我至今身体出现的种种不堪数据，大多与当年那段生活有关。那段生活，可以算是我人生的池塘之底。

但这些，都不是最难熬的。最难的，是独自在外漂泊，所承受的这些，都无法用言语向人诉说——妻子和老妈，远在百里之外，原本就为我牵肠挂肚，怎么能在她们的思虑和担忧之上，再雪上加霜？而朋友们，大多都以我终于干上了梦想的传媒工作并当上了文学青年视之为神的媒体工作而为我兴奋和骄傲。我的诉苦，会被当成矫情和疏远。我当时的状态，有点像一只在同伴艳羡的目光中去了肯德基店里的鸡，所有的苦冷痛，只有自知。许多时候，站在马路边，取下 IC 电话，拨通一个个熟悉的号码，一腔辛酸到了嘴边，却变成了天气咨询和解答：你们那里，天气好吗？

我这里⋯⋯天气不错。

再后来，就有了网络聊天室，那个当时新兴的门户网站，如今早已不存在的东西，像我在这个时代遇到的许多新鲜事物一样，热闹而火爆地令人眼前一亮，一个，不，是无数个崭新的世界，呼啸着蜂拥着，在我眼前，次第打开。

凌凌就是那万千星光中闪耀而来的一个。

挑选网友的过程，很像淘金。最初是泥沙俱下，来者不拒。逐渐筛之簸之漏之择之，层层冲洗淘汰，最后留下的并不多。

凌凌是我近小半年聊天中留下的不多的几个好友，我们的打字速度，兴趣爱好和品位，大致接近，彼此知道对方在说什么，而且总能给出一个令对方满意的答案。

那些日子，我们像坐在夜航船里的旅人，于人海茫茫中，终于找到那一个可以诉说的人。许多夜静更深的时刻，我们坐在电脑前，仿佛世界已经睡去，而我们的内心却灯火通明。

通过聊天我知道，她是苏州人，在一家最基层的公务机关谋食，每天所见所闻，皆是琐碎而又易引起争端的小事。这与我从事的社会新闻工作，颇有几分相似。我们都喜欢看书喝茶喜欢唱歌，略有不同的是，她爱读席慕蓉我爱读鲁迅，她喝的是碧螺春我喝的花毛蜂，她唱的是评弹而我偏爱摇滚。但这些差异，并不妨碍我们自然而愉悦的聊天。因为除了共同喜欢的之外，我们还有更重要的基石——共同讨厌甚至愤怒一些东西。对社会新闻中的诸多现象，以及眼前和传闻中诸多令人愤怒的东西，我们都三观相近地义愤填膺着。

当然，我们也聊婚姻聊情感，聊各自遇上的各种可喜或可悲的隐秘事情，像小孩子之间拥有了一个共同的秘密般的兴奋。我们会喜对方之所喜，忧对方之所忧。还会在对方遇到满头问号的事情抛砖引玉地提几个靠谱或不靠谱的方案，去表达自己对事情的关心程度。我们像两只急于卸下心中秘密的猴子，彼此把对方当树洞，存放着各自的焦虑与不安。而更神奇的是，我们彼此都不以倾听保管这些烦心事而烦躁不安或痛苦，相反却有一种被信任的感动和欣慰，将其发酵加工，变为只有我们懂得并为之陶醉的酒。

聊天室跟酒吧差不多，大环境烟雾缭绕人声喧哗，但私聊则像各自找到一张小桌，摆上自己喜爱的酒水瓜果，罩上自己喜爱的话题，便自成一个世界。但因为是最原始的聊天工具，所以用户体验极差，没有留言，更没有保存功能，甚至连定点找人的功能都没有，容量极小，两三百人就满员了，聊天的人要像打长途电话那样，先约定时间，同时上线，并且挤进去才行。有时，为了找到一个位子，我会提前很久到网吧抢座，再冲进聊天室占位子。而她也是，当时家用电脑还不普及，她经常在单位以加班的名义，偷偷溜进聊天室。

她的网名叫"红菱"，我叫"向往天空的鱼"。红菱应该是她最喜爱的植物，而"向往天空的鱼"，则是为不切实际的理想献出生命的意思——天空本不属于鱼，如果硬要去，只有死路一条。而将这条死路作为一种愿望，料也是一条脑子有病的鱼。我起这个网名时，心就是这么想的。

但凌凌对此却有不同看法，她说第一次看到这个网名时，眼前闪过的，就是一条条正从悬崖下往上跳跃的红马哈鱼，为了奔向目的地，它们不惜撞得头破血流，在空中飞腾翻转，只要一息尚存，便奋争不已，要么胜利，便奔上悬崖，重回出生地产卵繁衍；要么失败，则头破眼裂随波漂流尸骨无存。她就是冲着这个画面，对这个名字的我，多了几分耐心和在意的。不想由此打开了一个世界。

一朵红菱与一条鱼共处的宁静世界。

在她的眼中，一个人就是一个世界，一朵花甚至一个石头，也是。当你停下脚步细心端详，你会看到一个与自己的世界完全不一样的生存状态和景观。这些，会与你固有的生活惯性形成呼应或冲突，都能催生出全新的感觉和领悟，从而使你变得与以往不同。

她的这些说法，我是认同的，我发现，在我们的交流中，我的身心，都发生了显而易见的变化。就像对"向往天空的鱼"这个名字有了完全不一样的理解，我对生活，对新闻，对每天遇到的糟心与烦恼事，都有了另一个角度的解释。这些视角，使我看事物的眼光变得更加立体和宽阔，我与世界，也渐渐开始相互原谅。一度困扰我的失眠问题，也有很大的缓解。凌凌说，她也发现自己也有不小的变化，她开始关注成都，那一座曾经离她很远的城市，变得越来越近，越来越亲。

接下来，不能免俗的，我们开始希望看到对方的样子。在迟疑了几个月之后，我们约定了，发一张最近的照片给对方。那时，数码照片和PS技术都还不普及，但我尽最大努力，将一个自己希望成为的图像发给她——看起来不那么土肥圆，也不是特别蠢的样子。我料想她在发照片时，也少不了有这样一番迟疑和踟蹰。

网速似乎也知道我的心情，在打开邮箱附件的时候，更加缓慢而小心翼翼。

相片在我面前慢慢展开时，尽管我努力让自己不要抱更高的期待，以免让这份难得的情谊"见死光"，但心中仍止不住闪过白裙飘摇轻舞飞扬之类的词句。那些都是当年红透天的网络小说中的网名，聊天室里可以看到一万多个。

像一幅缓缓展开的画卷，照片在屏幕上静静展开。那是一幅海边的场景，碧蓝的天空洁白的浪花料峭的岩石，一个戴着红色旅行帽的女子，站在照片中央，风把她的头发扬起，遮住了半张脸。尽管如此，剩下的半张，也不小，就像我发给她那张照片上已尽力收缩了的肚子。

她的样子并不漂亮，皮肤黑黑的，眼睛大大的。牙齿似乎也不太整齐，可能是旅途中匆忙潦草，衣服也显得很随意。但她脸上洋溢着的笑意，却是那么亲切自然，让我瞬间把之前我们聊过的许多话，配上了画面。

我们没有见光死。因为我们认识的初衷，与见光无关。相比于外表，我们更在意的是彼此就是那一个聊得来的人。

之后的时间里，有了 QQ、MSN，有了论坛、博客和微博微信。我们分别当了父母，我们各自在事业上努力并取得看似不错的成绩，虽然交流的时间，不像最初那么多，但我们把对方当成知己和亲人，高兴时，会分享；忧伤时，会倾诉；甚至看到路边的花花草草，遇到什么稀奇古怪的事物，都会拍张照片，附上心情，随手发给对方。

再后来她到社区工作，任务更重，事务更杂，我也辗转改行四处谋食，虽然彼此偶尔不忘在朋友圈点赞，但随着各自生活的重心发生变化，大家静静聊一下的机会，越来越少。

人生是一场无人相伴到底的旅行，我们的旅途，注定会认识一些人，他们会让我们见到或明白点什么，然后离开，无论有多么不舍，都会。

　　这是凌凌出差经过成都时与我在街头走过时说的一段话。那一次，她为我带来太湖的明前碧螺春，满脸满眼都是疲惫。我们在雨后的街头走了两个多小时，像之前无数次想象的那样，带她看我曾经夸耀过的成都风光。之后几年，她工休去了川西高原，一路给我发着雪山和草原的照片，又一次把关于人生和旅行的那段描述，发了出来，令我心有所感，并以此为题，写了篇散文，之后出书，将它作为书名。

　　生命中最宝贵的东西往往都是平凡无奇的，像空气和水，以及友谊和爱情，永远是在无声无息中滋养着我们，但又让我们感受不到它的存在。而因为它的平凡，我们永远不担心它的消失，甚至因为它不可能会消失，而忽略对它的珍视，直至它消失那一天，才恍然惊觉，后悔不及。

　　就在我以为我和凌凌的这份情义，像之后在现实和网络中结识的友人那样，进行着平静而相安无事地交往，并且会一直相处下去的时候，悲剧发生了。

　　那是一个秋天的早晨，适逢周末，我难得地跑到屋顶邻家的花园里借景泡茶，一丛丛新开的菊花，红黄紫绿的让人心情舒展，突然想起，有些老友，好久都没有联络了，于是点开微信，把一张鲜花灿烂的照片，做成明信片格式，群发了出去。上面写着几个字：好久不见，你还好吗？

　　这条偷懒信息，很快收到老友们的各自回信，简单说了近况，并各自寒暄着相约有空出来喝茶。只有凌凌没有回复，估计她此时也许正在为邻里调解纠纷，或帮孤寡老人送粮，或被成堆的报表搞得头大。忙过之后，终会回复的，所以也并没有在意。就像不会失去空气一样，我也相信不会失去她的友谊。

但这次和以往不太一样。以往，即使再忙，几个小时之内，一定会收到她的回复，哪怕是半夜，也会在忙过之后猛然想起回上匆忙的一段语音。我们曾开玩笑说，发信息不回复，如楼上邻居半夜回家扔下的一只靴子，会让人彻夜不安等待另一只的。

一天……

两天……

三天……

虽然间隔几天甚至几个星期不联络的情况是有的，但还可以通过朋友圈匆匆发过的工作照信息，大致知道她的情况。

但这次不一样。她的朋友圈停留在几个月之前，我才恍然惊觉，因为奔忙和相信不会失去，我对这个老友，已太久没有在意了，就像对生活中许多熟视无睹的人和事。

我又开始发信，从问候，到探问，一直到追问："凌凌，你在么？究竟发生了什么？"

这一次，有了回音，屏幕上跳出几个惊心动魄的字：

"曾哥，我在倒计时了。"

这句话，让我如坠雾里："倒计时？什么鬼？"

"前段时间查出胃癌，晚期。做了手术，放化疗中，但情况并不乐观……"

开什么玩笑，那么乐观开朗包容的胃，会以这么惨烈而决绝的姿态来混存在感？我不相信！

但我又不能不信，因为十多年了，凌凌从没有和我开过这种玩笑。我们设想过无数的告别方式，连老年痴呆之类都说到过，唯独没有提到这个。

我们曾经相约，不管以什么样的方式离别，送给对方的，一定是一个微笑，留待在未来的时间里怀念追忆。

但这个难度实在太大了。

无论是潇洒，还是没心没肺，我都做不出来，微笑地与她告别。

我又恢复了每天早餐和晚上向她问候的习惯。给她讲我所在的城市的天气，以及我的心情，还有今天遇到的什么有趣或悲伤的事。看到了什么新鲜玩意儿，吃到了什么好吃的，写了什么文字或拍了什么图片。我不知道做这些有什么意义和价值，但我总觉得，对于卧病在床的她，我的每一句祝福和安慰，都是在撒谎，唯有陪伴，能让她，或者说能让自己好受一点。

她也会断断续续给我发回一些信息，有时是放疗之后呕吐的感受，有时是医生对她病情的散断评语，有时是孩子的学习情况，有时是老公或家人给她的安慰与感动，有时是炒股的战绩……

至为神奇的是，为了转移病痛的炒股，竟然神奇地为她带来了不小的收益，甚至应付了不菲的医疗费。而更为神奇的，是在 2015 年 7 月 27 日沪指下跌 8.5％之前的几天，她竟然毫无理由地清仓退出股市，把钱买了房子——那个时间段苏州的房子！

　　然而，在生死面前，这些收益，都是小事。炒股和买房赚的钱，都无法改变华东所有顶尖医院都无法接治她的事实，那不是钱的问题，而是现有的医学技术，根本无法阻止病魔在她身上施虐。在无法进行治疗的日子，她只有在相熟的医生看顾下，用一些缓解疼痛的药物，与病共生。那些曾经是她至关重要的器官，胃、肠、脊椎，甚至脑细胞，都纷纷叛变了她，从至爱变成仇敌，折磨得她寝食难安，生不如死，有很多次，她在深夜发来微信，说："又吐了几个小时，想死！"

　　当一个生不如死的时候，死不仅不可怕，还可能是一种期待。在病魔的折磨下，一向乐观的凌凌，将死亡当成了一种向往和梦想。

　　但在疼痛稍缓的时候，乐观也会回到她身上，她会调侃自己终于减肥成功；她会想念爸爸用藕做成的一种炸糕；她会祈祷老天爷再给她半年时间，让她看到儿子考上大学甚至交到什么样的女朋友；她会和老公开玩笑，说自己身体好时脾气不好，脾气好了身体又不好，让他轮班受折磨了……

　　我们还是会聊天。我置顶了她的聊天记录，我会随时关注她的名字前面，会不会亮起小红点，只要亮起，就表明她当时的状态至少不是在受刑般的呕吐和剧痛。

　　此时的凌凌，体重已不足八十斤，比她曾经梦想的减肥目标，整整少了二十斤。疼痛略有缓解的时候，她会坐起来，换上白色的裙子，给她那张原以为这辈子都不可能再小下去的脸，拍一张照片。彼时的她，像凛冬将至时的花朵，心有不甘地又依依不舍地展示着

231

残存的美丽。

　　因为有了"失去"这个前提，一切都显得更珍贵，更不舍。每天早晨，透过微信，能看到她病房窗外升起的阳光，并听到她发自内心的感叹："又赚到一轮朝阳！"那是在与病痛一夜挣扎厮杀之后艰难抬头发生的一声感叹。没有体验过那份苦与痛的人，很难理解那一个"赚"字。没有谁的词典，将它与朝阳放在一起。而在这个时候，除了含泪点个赞，我真不知道该做点什么？

　　也许就是凭着这种"赚"的心态，在医生宣布的最后八个月的基础上，凌凌又艰难地"赚"了十六个月，这期间所受的痛苦，是我无法想象的。而因为每一天每一小时每一分钟都得之不易，她对得到的每一朵花每一个微笑每一份善意，都充满仪式感地悲欣交集。

　　因为每一次都可能是最后一次，我们的聊天，也是充满仪式感的。每一声看似随意的问候，都郑重而意味深长。每一次告别都害怕一语成谶。有一天半夜，她可能是因为疼痛，给我发了一段话："这半生，有太多美好，没有在意和珍惜。想不到，两小时不呕吐，也是值得怀念和回忆的美好时光。"

　　那天晚上，她的状态似乎还好，回忆了许多幸福的人生片段。小时候坐母亲的自行车去上学，看到朝阳中摇曳的树；放学时那个总在校门口碰到的邻班男生彼此善意的一笑；饭桌上永远都有的最喜爱的食物；初恋时笨拙而惊心动魄的那个吻；结婚时父亲把她交到老公手上时眼里闪过的泪光；儿子的第一声啼哭和第一口吮奶时的悸动……

这些平凡而琐碎的往事，如一颗颗历经岁月淘洗的金沙，曾经那么不起眼，如今却那么晶莹闪亮地呈现在面前。那天晚上，我盘腿坐在飘窗上，看着凌凌用最后的念力，回味自己短暂一生中那些散碎而美好的东西。

那是凌凌最后一次和我单独聊天。

她的朋友圈，也停在三天之后，也就是情人节前一天，那天，她晒了份老公送她的礼物，一条有着心形玉坠的项链，和朋友们的留言祝福。我和她没有一个共同好友，所以从没看到过她的朋友们的回复，密密麻麻好几页，第二十三条，是我的，上面写着："我很幸运，在这人生的小站上，遇到你。"

那是我们在回忆往事时，她提到人生中最美的往事中的一件，与我有关，我用电话给她唱了一首《人生小站》，那是一首讲述两个知己在小站上相识相知又马上要别离的心情，很像我们的相遇：

记得那是夏季

天气多风又多雨

也许纯粹是偶然

在这小站遇见你

多少次的见面

你我默默无语

不知是有意无意

两颗心互相躲避

面对面两列火车

擦肩各奔东西

这也是命里注定

有相聚就有分离

……

泪光中，黄叶飘飞的小站上，两列火车各自启动，思念，像拴在心上的橡皮筋，被一点点拉紧，勒进身体，勒进灵魂。

但那明明是别人的故事，与我们无关。

我们相识于夏天，

我们的车窗外没有黄叶，

我们没有道别，

我们说好，不悲伤！